El joven POE

El acertijo del escarabajo de oro

CUCA CANALS

El joven Poe

El acertijo del escarabajo de oro

edebé

Paseo de San Juan Bosco, 62
08017 Barcelona
www.edebe.com

Atención al cliente: 902 44 44 41
contacta@edebe.net

Directora editorial: Reina Duarte
Diseño de la colección: Book & Look
Ilustraciones interiores: Cuca Canals

1.ª edición, octubre 2018

ISBN: 978-84-683-3864-4
Depósito legal: B. 21740-2018
Impreso en España
Printed in Spain

CARTA A LOS LECTORES QUE LEEN UNA NOVELA MÍA POR PRIMERA VEZ

Apreciado amigo o amiga:

Me llamo Edgar Allan Poe, tengo 11 años y vivo con mis padrastros en la calle Morgue de Boston, capital de Massachusetts.

Mi madre murió hace 3 años, pero mi padre está vivo, aunque esto lo averigüé hace poco. Descubrí que se había establecido en Dublín gracias a la información de un familiar lejano. Al parecer, nos abandonó tras la muerte de mi madre. Tengo 2 hermanos de sangre, Rosalie y William Henry. Los tres vivíamos juntos en un orfanato hasta que nos dieron en adopción hace un par de años y fuimos a parar a familias diferentes. Por suerte, Rosalie vive con sus padrastros a solo dos calles de mi casa. En cambio, William Henry reside en Baltimore, a 399 millas de Boston.

Mis padres adoptivos tienen otro hijo, Robert Allan, de 16 años. No lo soporto. Me odia porque cree que voy a quedarme con el dinero de sus padres. Siempre se está peleando conmigo. Yo estoy convencido de que quiere matarme.

En la escuela me llaman «el Raro», pero a mí me da igual lo que digan los demás. ¿A quién perjudico siendo como soy? ¿Acaso no somos todos un poco raros? ¿Quién no tiene alguna manía? ¿No es peor la gente que declara ser normal y siempre está incordiando a los demás? Yo creo que ser raro significa ser único. Y eso, más que un defecto, me parece una virtud.

Me encanta hacer formas geométricas con todo; con el puré de patatas hago cuadrados; con las pequeñas piedras del jardín hago triángulos y en las superficies polvorientas dibujo círculos con la yema de mi dedo índice. No soporto que los objetos estén colocados uno al lado de otro y que se toquen entre sí; por ejemplo, los cubiertos o las tizas de colores. Cuando me voy a dormir, antes de cerrar los ojos, tengo que contar hasta 13. Asimismo, soy algo supersticioso. Cada vez que voy a algún sitio en el que no he estado, tengo que formar un círculo caminando. Por las mañanas siempre salgo de la cama pisando el suelo de mi habitación con el pie derecho. ¡Si un día me equivoco, me quedo en la cama todo el día aunque tengo que inventarme que estoy enfermo porque, de lo contrario, mis padrastros no me dejarían! Durante las noches de tormenta siempre me aseguro de dormir con la tripa cubierta y la ventana bien cerrada. Lo hago desde que leí que los fantasmas te pueden robar el ombligo y devorarte sin piedad.

Otra razón para que me tilden de raro es que mi padrastro es el dueño de una funeraria, un lugar que, por cierto, visito a menudo: cada vez que se enfada conmigo me envía allí a barrer. Eso ha hecho que, además de ser un experto en limpiar suelos, ya haya visto cientos de muertos. En concreto, 519 cadáveres hasta el día de hoy. Al principio me daban un poco de miedo y repelús, pero ahora solo me provocan una respetuosa indiferencia. A veces, cuando acabo de barrer me echo una siesta en alguno de los ataúdes vacíos y agradezco a los difuntos que no le digan nada a mi padre adoptivo. Es una de las ventajas de vivir entre muertos: no molestan a nadie. Con la escoba me encanta hacer pequeños círculos de suciedad e imaginarme que el polvo se transforma en enormes escarabajos, cucarachas o arañas que reptan por las paredes. Son tan repugnantes que hasta los cadáveres resucitan al verlos.

Por una imposición de mi padrastro, un hombre muy pragmático, siempre visto de negro. Así, las manchas y el desgaste de mi ropa no se notan tanto y mi madrastra tiene menos trabajo conmigo. A día de hoy esta es la lista de la ropa que tengo (¡también me encanta hacer listas!).

MI ROPA

- 6 camisas de color negro
- 3 jerséis de cuello alto de color negro
- 1 chaleco de color negro
- 2 abrigos de color negro
- 2 pares de zapatos de color negro
- 3 calzones de color negro
- 6 camisetas de color negro
- 3 camisones de noche de color negro

Supongo que vestir de negro tampoco ayuda a que me vean como a un joven normal, pero no me importa porque es mi color preferido. Como la oscuridad y la noche. Me encanta adentrarme en la negrura. Cuando cierro los ojos, puedo hacer todo lo que quiero: desde imaginarme que puedo volar hasta enfrentarme a un ejército de bisontes. Sucede lo mismo que cuando escribes. Puedo inventarme mundos irreales, crear personajes maravillosos o incluso torturar a mi hermanastro Robert Allan. Por eso, cuando sea mayor, quiero ser escritor. Y, lo mejor de todo, con la imaginación puedo ver a mi difunta madre siempre que quiero. Se acerca a mí y los dos nos abrazamos.

Una vez en la clase de arte me pidieron que dibujara un plato de sopa y yo hice un rectángulo negro más o menos así:

Le dije al profesor que ahí dentro yo veía perfectamente un plato de sopa. Le pedí que utilizara la imaginación pero, como la mayoría de los adultos, continuaba sin distinguir el plato.

Entonces concreté más el dibujo:

Hice un círculo y así conseguí que, al menos, se imaginara el plato. Eso sí, no aprobé el ejercicio porque no hubo manera de que viera la sopa.

Tengo un amuleto que, debo reconocerlo, no es muy «normal»: el ojo de un muerto que guardo en un pequeño frasco con formol. Lo robé hace tiempo de la funeraria de mi padrastro y lo llevo siempre en mi bolsillo. Además, me sirve como arma secreta de defensa. Si alguien me molesta, le aproximo el ojo y en el 99 % de los casos logro que me dejen en paz.

También tengo una mascota muy especial, un cuervo al que bauticé Neverland. ¡Es la única palabra que sabe pronunciar! La repite constantemente, así que no me costó mucho decidir el nombre. Vive en un saliente del tejado de nuestra casa y en invierno, cuando hace mucho frío, le dejo dormir en la buhardilla donde guardamos los muebles viejos. A veces me sigue a los sitios a los que voy, como si quisiera protegerme desde el cielo. Cuando me acompaña a la escuela siempre le pido que se mantenga a una distancia prudente para que nadie sepa que Neverland y yo somos amigos. Mi hermana pequeña Rosalie es de las pocas personas que lo conoce. Mi padrastro y mi hermanastro, por supuesto, no saben ni que existe porque, si se enteraran, estoy seguro de que lo desplumarían y descuartizarían sin pensárselo dos veces.

Además de ir a la escuela, me dedico a vender sustos. Sí, vendo sustos de asustar. A cambio de una pequeña cantidad de dinero, mis clientes pueden elegir uno de los muchos que les ofrezco. ¿Que para qué sirven? Muy fácil. Para amedrentar a la persona que más deteste el cliente. Incluso he hecho un ca-

tálogo en el que explico paso a paso cómo llevarlos a cabo. Vendo desde sustos para sobrecoger a padres crueles o a hermanos mayores aprovechados, hasta sustos para vengarse de profesores injustos o tutores despiadados.

Mi sueño es reunir el dinero necesario para que mis hermanos verdaderos y yo podamos ir a buscar a nuestro padre a Dublín, en Irlanda. Con los sustos ya he ahorrado bastante dinero y sé que puedo ganar mucho más porque colaboro con Auguste Dupin, el afamado inspector de la policía de Boston. Ya le he ayudado a resolver varios casos. Entre ellos, los crímenes de la calle Morgue o el de Mary Roget. A cambio, suelo recibir una generosa recompensa. Si continúo colaborando en otros casos, muy pronto podré comprar los billetes de barco para viajar a Dublín. Eso sí, debo tener mucho cuidado con mi hermanastro Robert Allan, que ya me robó una vez el dinero que tenía ahorrado.

Y sin más demora, aquí os presento mi quinto relato.

Espero que os lo paséis de miedo.

Muchas gracias por todo y un gran saludo.

Edgar Allan Poe

CAPÍTULO 1

UN SUSTO DE MUERTE

Imagínate una noche oscura. Imagínate que estás en tu casa, a punto de entrar en tu habitación. El susurro del viento entre los árboles se cuela por la ventana. Todo está en penumbra, la única iluminación es la de la vela del candelabro que llevas en tu mano. El suelo cruje como si estuviera vivo. Estás solo, nadie te puede ayudar aunque grites. Imagínate que fuera empieza a llover torrencialmente, los relámpagos iluminan tu habitación una y otra vez. Te acercas a tu cama y la ventana se abre y se cierra, apagando la llama de la vela. Al avanzar otro paso, el suelo chirría. Un enorme cuervo entra en tu estancia y planea sobre tu cabeza mientras grazna amenazante. Y de repente…

Imagínate que, a través de la ventana de tu habitación, ves un muerto viviente que aparece y desaparece. Está en los huesos y va vestido con una túnica negra que solo muestra parte de su cara, una horripilante calavera. Además, da la sensación de que está desternillándose de ti, porque hasta puedes oír su risa profunda. Imagínate que ese muerto lleva un letrero colgado que dice: «El próximo cadáver serás tú».

Ese era precisamente el susto que yo le había preparado a mi hermanastro Robert Allan, como venganza por haberme robado el dinero que había ahorrado para ir a Dublín a buscar a mi verdadero padre. Por suerte lo había recuperado, pero había jurado venganza. Como a mi hermanastro Robert Allan le horrorizan los gatos, en un primer momento pensé en espantarle con la pantera propiedad de mi amigo el gobernador de Boston, Ernest Huge, al que conocí en el caso de la carta robada. Pero finalmente deseché esa idea. La pantera del gobernador era tranquila, pero con alguien como mi hermanastro, que enerva a cualquiera, tenía miedo de que matara a Robert Allan. Y yo solo quería darle un buen susto.

Pero regresemos a la noche de la venganza contra mi hermanastro. En cuanto vio el esqueleto, se puso a gritar como un histérico. Yo había esperado pacientemente hasta disponer de una noche en la que estuviéramos solos y que hubiera tormenta para que fuera más terrorífico. Me partía de la risa mientras subía y bajaba la cuerda que sujetaba el esqueleto y que pasaba por una pequeña polea como las que se utilizan para sacar agua de los pozos. Esa polea se encontraba sujeta a una de las ramas superiores del gigantesco abeto que llega hasta la planta superior de mi casa, donde están los dormitorios. Yo permanecía escondido en el jardín, tras la caseta donde guardamos las herramientas, mientras utilizaba un embudo de la cocina como amplificador y distorsionador de mi risa terrorífica.

Por cierto, el esqueleto con el que había dado el susto a mi hermanastro me lo había prestado Auguste Dupin. Es el que se encuentra en su despacho y que yo he estado a punto de destrozar por mi torpeza. Se me había caído muchas veces al suelo. Pero no solo a mí; también a otras personas que habían estado en su despacho.

Por eso, el inspector había decidido reforzar el esqueleto con finos alambres que unían los diferentes huesos, según me dijo, para que todo el mundo pudiera tocarlo sin peligro.

Cuando vi que realmente ya no se rompía, se me ocurrió utilizarlo para dar un susto a mi hermanastro.

Además, pensé que podría incorporarlo en mi catálogo de sustos, pero como conseguir un esqueleto no sería una tarea sencilla para mis clientes, lo sustituí por un fantasma, que puede recrearse más fácilmente con una sábana.

SUSTO *número* 133:
EL FANTASMA VIVIENTE

Se necesita:

- 1 sábana
- 2 palos de madera
- 1 col o coliflor
- 1 cuerda gruesa
- 1 polea
- 1 cartel con un cordel o cuerda para colgar
- 1 embudo de cocina

Modo de preparación:

1) Para hacer el fantasma, utiliza dos palos formando una cruz. En la parte superior inserta la coliflor, que será la cabeza del fantasma. Tapa la cruz y la coliflor con la sábana.

2) Ata la polea a una rama alta del árbol elegido para asustar a tu víctima.

3) Pasa la cuerda por la polea y ata el fantasma por el cuello. De esta forma, se podrá subir y bajar con facilidad.

4) Cuelga por fuera un cartel con el mensaje que se desee. Por ejemplo: «Tú serás el próximo», o bien «Déjame en paz o te convertirás en un fantasma».

5) Utiliza el embudo como amplificador y distorsionador de voz.

Tras asustar a mi hermanastro, introduje el esqueleto, la polea y las cuerdas en la caseta y aguardé media hora para que no sospechara de mí. Como era de esperar, no me dijo nada de lo que le había sucedido ni se acercó a mi habitación. Era demasiado orgulloso para reconocer que estaba muerto de miedo.

A la mañana siguiente, metí el esqueleto en una pequeña carreta, tapándolo con una manta. Había quedado con el inspector Auguste Dupin en que se lo devolvería ese mismo día. Pensaba ir a la comisaría directamente, pero una malévola idea se cruzó por mi cabeza cuando vi a lo lejos a una de las personas que me resultan más insoportables de mi barrio. Se trataba de la señora Grander, a la que todos conocen como la Correveidile por lo chismosa que es. Siempre que la veía me imaginaba que su cabeza se transformaba en la cabeza de un loro que parloteaba sin descanso. Solía sentarse en un banco del pequeño jardín de la plaza para criticar a todo el que pasaba por delante.

Decidí adelantarla y llevé el esqueleto hasta su banco. Lo dejé ahí como si estuviera sentado y me escondí tras unos arbustos. Por fin llegó la señora Grander y yo pensé que empezaría a gritar asustada. Sin embargo, me equivocaba. Se sentó tan tranquila a su lado y se puso a darle conversación. Entonces recordé que ella misma me había dicho que no estaba bien de la vista. ¡Quedaba más que demostrado! En unos minutos, puso al esqueleto al corriente de las novedades del barrio:

—Audrey Miles se ha comprado una peluca nueva y, la verdad, está horrible. No entiendo cómo puede tener tan mal gusto. La viuda Something lleva varios días sin salir de casa, pero lo más extraño es que alguien vio entrar a un joven apuesto que…

Bla-bla-bla.

Miré preocupado mi reloj de bolsillo. ¿Y si la señora Grander no dejaba de hablar nunca? Se me estaba haciendo tarde. Tenía que devolver el esqueleto a Dupin. Cuando estaba a punto de llevármelo, vi a dos jóvenes que se acercaban al banco donde estaba la Correveidile. Los reconocí enseguida; se trataba de dos ladronzuelos que solían robar a la gente mayor del barrio. Eran astutos y escurridizos. La policía todavía no había conseguido atraparlos. Asustaban a sus víctimas amenazándolas con un cuchillo, aunque afortunadamente no utilizaban la violencia si recibían joyas o algo de dinero. El problema era cuando alguien les ofrecía resistencia.

Los asaltantes llegaron al banco donde se encontraban la señora Grander y su acompañante. Estaban de espaldas a ellos por lo que tampoco se dieron cuenta de que el acompañante era un cadáver.

—Dadnos vuestro dinero si no queréis que os matemos —les espetó uno de los agresores a la Correveidile y su acompañante.

La señora Grander se giró temiéndose lo peor. Ella también había oído hablar de esa pareja de ladrones. Pensó en su collar, de gran valor sentimental porque se lo había regalado su difunto esposo, y lo agarró instintivamente.

—Por favor, no me hagáis daño —gimió—. Esto no os lo puedo dar, es un recuerdo de familia que…

Yo no sabía qué hacer. Esos delincuentes no eran peligrosos si se les daba lo que pedían, pero la señora Grander era bien capaz de plantarles cara.

—Si no nos das esa joya, te juro que te matamos —la amenazaron.

Poco a poco, la pareja de ladrones se estaba poniendo nerviosa. Pero la señora Grander seguía con su cháchara:

—Si me dejáis un poco de tiempo, voy a mi casa a buscar una pulsera de oro que me regalaron cuando me casé y que…

—Cállese —le espetó el más joven cada vez más alterado, mientras el de más edad se acercaba a ella.

Sabía que era capaz de clavarle el cuchillo. Y por mucha manía que tuviera a la anciana, por supuesto no deseaba que le pasara algo así.

Iba a intervenir cuando sucedió algo inesperado…

CAPÍTULO 2

TARÁNTULAS Y OTROS INSECTOS

Al acercarse a la señora Grander, por fin uno de los delincuentes pudo darse cuenta de que el hombre que estaba junto a ella era en realidad un esqueleto vestido con ropa.

—¡¡¡¡Un muerto!!!! —berreó.

Los dos pensaron que se trataba de un muerto viviente y salieron huyendo despavoridos. La señora Grander no comprendía qué estaba sucediendo, pero estaba infinitamente agradecida. Su compañero de banco le había salvado la vida. Se acercó a él para darle un beso de agradecimiento y fue entonces cuando ella también se dio cuenta de que se trataba de un esqueleto. Aterrorizada, también empezó a gritar y se alejó del banco a una velocidad tal que hasta a mí me sorprendió. Yo no podía parar de reírme. Fui a buscar al «muerto viviente» y lo coloqué sobre la carreta tapándolo completamente para que no me diera más problemas.

Por fin llegué a la Jefatura de Policía de Boston, que está aproximadamente a una milla de distancia de mi casa. Aparqué mi carreta junto a la puerta y entré con el esqueleto envuelto en la sábana. Al entrar en el vestíbulo principal me di cuenta de que los visitantes que estaban ahí me miraban con extrañeza, porque sobresalían los huesos de las piernas del esqueleto. Kevin no pudo evitar reírse. Le pregunté si estaba Dupin y él me dijo que fuera a su despacho. Al principio, Kevin me acompañaba hasta la puerta pero ahora ya iba solo. La comisaría empezaba a ser mi segunda casa.

Como casi siempre, Dupin no estaba allí sentado, porque iba de reunión en reunión y paraba poco ante su mesa, así que aproveché para observar si había alguna novedad en las vitrinas. No me cansaba de mirar todos aquellos objetos expuestos, relacionados con los crímenes más violentos: desde armas en miniatura hasta los venenos más poderosos.

Auguste Dupin llegó 2 minutos y 40 segundos después. Adivinó enseguida cuáles eran mis intenciones:

—¡Ya imagino por qué estás aquí! ¿Quieres trabajar en algún nuevo caso, verdad?

Yo asentí. Me encantaba estar con el inspector, no solo por el dinero que ganaba con él, sino porque me fascinaba su forma de pensar y cómo llegaba a sus deducciones.

—Lo siento, no estoy trabajando en ningún caso excepcional como tú mereces.

Yo sonreí forzadamente. Dupin se dio cuenta de que me sentía decepcionado.

—No te preocupes. En cuanto caiga en mis manos algún misterio, te aviso.

Estaba a punto de irme cuando me hizo una propuesta.

—Voy a visitar a mi amigo, el profesor Legrand. Vive en Pirate Beach. ¿Por qué no me acompañas?

Como ese día no había clases, decidí aceptar su invitación. Por supuesto, lo que no sabía en ese momento era que estaba a punto de comenzar un nuevo caso fascinante para Dupin y para mí.

Salimos de Boston al mediodía. Un joven agente nos condujo en un carruaje de dos caballos hasta Pirate Beach, una zona de playas situada al sur, a unos 15.200 pasos de la ciudad. Se trata de un lugar muy tranquilo que linda con las aguas del Atlántico. El nombre se debe a que unas décadas atrás fue punto de encuentro de barcos piratas. Por aquel entonces apenas estaba vigilado y los bucaneros campaban a sus anchas. En la actualidad se ha convertido en hogar de un centenar de familias, la mayoría agricultores que se dedican al cultivo de la cebada.

Sus playas, sobre todo en épocas de veraneo, suelen estar muy concurridas.

Durante el trayecto, el inspector me contó que su amigo William Legrand era un prestigioso profesor de Ciencias Naturales de la Universidad de Boston, ya retirado, que descendía de una antigua familia protestante. Durante un tiempo había disfrutado la gran fortuna que había heredado, hasta que una serie de desgracias lo redujeron a la pobreza. Primero, un incendio destruyó en pleno día la fábrica de calzado de la que sus padres eran propietarios. Una catástrofe en la que, además, murieron algunos empleados. Legrand tuvo que indemnizar a sus familias con una cantidad de dinero tal que le dejó en la ruina. Para evitar el bochorno de sus vecinos, vendió su palacete y abandonó Boston para instalarse en Pirate Beach. William Legrand construyó una pequeña choza en los terrenos que compró a un agricultor que, por las prisas de obtener el dinero rápido, se la vendió a precio de ganga. El terreno se encontraba junto a un arroyo y solo se podía acceder a él a través de un estrecho camino. Mientras continuábamos andando, el inspector me explicó que una de las grandes aficiones del profesor había sido los insectos; había atesorado una de las colecciones más importantes del mundo, con ejemplares de los 5 continentes.

—Es uno de los entomólogos más prestigiosos del país —me dijo.

Al ver mi cara de sorpresa, el inspector me preguntó si sabía lo que era un entomólogo. Yo sonreí, como aparentando que sí, aunque en realidad no tenía la menor idea, y una vez más, no puede engañarle.

—Los entomólogos son los científicos que estudian los insectos e incluso otros invertebrados artrópodos como los arácnidos.

Yo no soy un gran admirador de los insectos, pero en más de una ocasión los había utilizado para mis sustos. Por eso, debajo de mi cama guardaba varias cajas de madera con diferentes insectos y arácnidos separados por listones. Lo llamaba el Zoo de las Pequeñas Bestias y en mi último recuento había resultado:

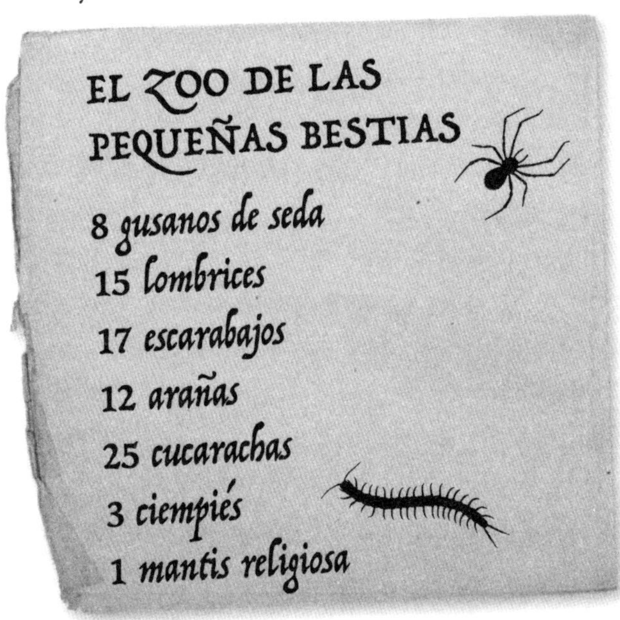
EL ZOO DE LAS PEQUEÑAS BESTIAS

8 gusanos de seda
15 lombrices
17 escarabajos
12 arañas
25 cucarachas
3 ciempiés
1 mantis religiosa

—¿Sabes que los insectos pueden ayudar a resolver casos de asesinatos? —siguió informándome el inspector—. Por eso me parecen tan fascinantes.

Yo no entendía nada: ¿qué tenían que ver los insectos con los asesinatos?

—Muchos insectos se alimentan de cadáveres —argumentó—. ¿Eso sí lo sabes, verdad? Pues gracias a ellos podemos calcular el tiempo que llevan muertos. Eso puede ser determinante en una investigación policial.

Y hablando de insectos y asesinatos, yo acababa de cometer uno: un mosquito que llevaba 7 minutos molestándome ya había pasado a mejor vida. A pesar de que no era todavía verano, la tormenta de la noche anterior y la humedad propia de esa zona parecían haber sentado bien a esos bichos.

Nuestro coche de caballos avanzaba ya lejos de la ciudad por un hermoso camino paralelo al mar. Tanto el azul del mar como el del cielo eran intensamente bellos. Mientras, Dupin continuaba hablando de la afición de Legrand.

—Antes de quedar en la ruina, mi amigo solía exhibir su colección de insectos en elegantes vitrinas situadas en la primera planta de su palacete. Por desgracia, tuvo que vender todas sus propiedades incluyendo su colección de insectos para saldar sus deudas.

El inspector recordaba haber visto ejemplares únicos.

—Me impresionó ver, por ejemplo, una mariposa que parecía transparente, la llamada mariposa de cristal —dijo, y sus ojos se iluminaron—. El tejido entre las venas de sus alas parece de vidrio.

Después me habló de otros seres invertebrados, cada vez más extraños y repugnantes, como la araña camello gigante, un arácnido del que se decía que era capaz de devorar a un humano; o la mantis china, que practicaba el canibalismo. Oyendo la descripción de esos animales yo estaba empezando a considerar seriamente en deshacerme de mi zoo casero de Pequeñas Bestias. Por suerte Dupin cambió de conversación y se centró en cómo se habían conocido.

—Los dos fuimos a la misma escuela y ahí entablamos amistad. La inteligencia de Legrand era y es excepcional. Sin embargo, también es justo decir que tiene un carácter muy especial, que se ha agravado con la edad. Le domina su aversión al género humano y está sujeto a lamentables alternancias que van del entusiasmo a la melancolía.

Al parecer, desde que vivía en Pirate Beach, era habitual verle errar por la playa y los sotos buscando conchas o ejemplares invertebrados. Por lo regular un viejo criado llamado Jupiter Jones lo acompañaba en sus excursiones.

—Fue contratado por la familia Legrand antes de que empezaran sus reveses, pero se negó a abandonar a quien considera su señor y le cuida celosamente, a pesar de que apenas cobra un sueldo. ¡Pobre Jupiter! La verdad es que ha tenido poca suerte en la vida. Hace dos años tuvo un ataque de corazón y estuvo a punto de morir. Y su única preocupación es Legrand y sobre todo su hermano menor, al que mantiene con lo poco que gana; vive internado en un hospital psiquiátrico debido a una grave esquizofrenia.

El joven conductor del carruaje de la policía detuvo el vehículo en una explanada.

—Ahora toca caminar —me advirtió Dupin mientras bajaba del coche—. Solo se puede llegar a su casa caminando o a caballo.

—¿Está muy lejos? —pregunté, porque de repente el frío había arreciado y yo iba poco abrigado.

—No, unos minutos caminando —me informó.

Dupin le dijo al conductor que tardaríamos aproximadamente 3 horas en regresar y nos adentramos en una zona de altos matorrales y de espesa vegetación debido a la cercanía de un pequeño río. Nos abrimos paso por los sotos hasta llegar a una especie de claro donde se encontraba la vivienda de Legrand. Su casa —o mejor dicho su choza— era

de planta cuadrada y estaba construida con troncos. El techo, cubierto de paja y ramaje. ¡Me impresionó que fuera tan pequeña! Al llegar a la puerta, Dupin golpeó la madera con los nudillos y, como no obtuviera respuesta, buscó la llave donde sabía que estaba escondida. Se encontraba a 3 pasos de la choza, en la hendidura de una piedra. Otra pequeña piedra con forma de corazón encajaba perfectamente y hacía de tapa con tanta naturalidad que era difícil adivinar que fuera un escondite.

Al tener tan próximo el riachuelo, el lugar era especialmente húmedo, lo que hacía que el frío calara en los huesos. Además, había comenzado a levantarse viento. Por ello agradecí el magnífico fuego que ardía en la chimenea de la sala donde entramos gracias a la llave. Lo primero que hice fue dar una vuelta alrededor de mí mismo. Hacer un círculo dando pasos era un ritual que hacía siempre que entraba en un lugar nuevo. El inspector no pudo evitar sonreír.

—Suerte que yo ya te conozco, porque de lo contrario diría que eres tan raro como mi viejo amigo de la infancia.

Soltó una carcajada y se dejó caer en un sillón cerca de los chispeantes troncos del fuego de la chimenea mientras esperábamos a que el profesor y Jupiter regresaran. Nos encontrábamos en una sala pequeña pero confortable. Una mesa, dos sillas, una estantería, un sofá y pocos más muebles quedaban compensados por vitrinas que llenaban las paredes con todo tipo de animales invertebrados: libélulas, caballitos del diablo, saltamontes, grillos, mariposas, moscas, mosquitos, cucarachas, termitas, mantis, cigarras, escarabajos, mariquitas, abejas, avispas, hormigas, ciempiés, milpiés, arañas, escorpiones y cochinillas de la humedad. No es que yo supiera identificarlos todos, sino que debajo de cada uno había una etiqueta con su nombre común y otro que debía de ser en latín.

—A este paso, Legrand pronto volverá a tener la colección más completa de insectos de Massachusetts. Y eso que estos ejemplares que ves los ha recogido en su mayoría solo en esta zona.

Dupin encendió su pipa mientras escrutaba una de las vitrinas.

—Los insectos no solo presentan una gran diversidad, sino que también son increíblemente abundantes. Se calcula que hay 200 millones de insectos por cada ser humano.

Era indudable que el inspector había aprendido mucho con su amigo. Iba a replicarle cuando vi junto a mi pie una araña. Pero no era una araña cualquiera. Sentí cómo todo mi cuerpo se paralizaba. ¡Era una bestia peluda y gigantesca de patas horripilantes! Lo único que quería en aquel momento era salir corriendo pero las piernas no me obedecían. Afortunadamente, Dupin también se dio cuenta de su presencia.

—No te muevas —me susurró—. Creo que es una tarántula.

¿Una tarántula? Había oído hablar de esas arañas y decían que eran mortales. Vistas en directo eran mucho más repugnantes.

Las patas peludas de la tarántula avanzaron hacia mí. Vi su boca abriéndose y sus 8 ojos mirándome.

CAPÍTULO 3

UN ESCARABAJO... ¿DE ORO?

En ese preciso instante Legrand y su criado, Jupiter, entraron en la choza. Nada más atravesar la puerta, ya se dieron cuenta de que yo parecía una estatua.

—Hay una tarántula a los pies del chico —masculló Dupin.

Los dos hombres miraron hacia abajo y también se detuvieron. Hasta el perro, un inmenso labrador de color crema que los acompañaba, advirtió la presencia de la araña y retrocedió unos pasos asustado.

—No te muevas ni media pulgada, chico —me dijo el criado, que era un hombre muy bajito, de metro y medio, calculé.

Jupiter avanzó sigilosamente y se inclinó para recoger la tarántula. A pesar de que era bastante mayor, continuaba siendo ágil. Yo cerré los ojos, pero finalmente mi curiosidad venció y los dejé entornados. Me sorprendió la facilidad con la que Jupiter sujetó la araña con dos dedos.

—Te he dicho que no salgas de tu casa, Amalia —le susurró cariñosamente a la tarántula.

¿Amalia? ¡Ese ser repugnante tenía nombre! A continuación, la introdujo en una pecera de cristal mientras de nuevo le hablaba:

—Tienes que portarte bien, Amalia o, de lo contrario, te tendremos que encerrar.

Viéndola ahí metida en el recipiente de vidrio por fin respiré.

—¡Por mis muertos, juro que nunca había pasado tanto miedo!

William Legrand intentó tranquilizarme.

—En el 99 por ciento de los casos, el veneno de la tarántula no es letal para los seres humanos y su efecto se reduce a una ligera inflamación, entumecimiento o enrojecimiento. Nada más.

El profesor, de unos 60 años, como Dupin, era alto y de complexión fuerte. Saludó al inspector amablemente, pero enseguida me di cuenta de que debía de tener uno de esos días «poco cordiales». Al menos, conmigo.

—Te presento a mi jovencísimo amigo Poe —me presentó el inspector.

Legrand ni siquiera me miró; solo tenía ojos para Dupin. También el perro labrador se abalanzó sobre el inspector intentando lamerle la cara.

—No sabía que tuvieras un perro…

—No es nuestro —intervino Jupiter—, es de un vecino que se ha ido de viaje unos días y nos ha pedido que lo cuidemos.

El sirviente ordenó al can que saliera de la casa y él se dirigió a la cocina, un diminuto cubículo situado junto a la sala.

Legrand se acercó más a Dupin. A mí seguía sin ni siquiera mirarme.

—¡He encontrado un coleóptero! —exclamó entusiasmado.

Yo no sabía qué significaba esa extraña palabra pero Dupin me dio la pista para comprenderla.

—¿Un escarabajo? —le preguntó.

Legrand asintió.

—Nunca había encontrado un ejemplar como ese —hablaba emocionado—. Sin duda es un descubrimiento excepcional, único en estas latitudes. Se trata de una especie que en el pasado campaba a sus anchas por esta zona, pero se daba como desaparecida.

Dupin le escuchaba con gran interés y le pidió verlo. Sin embargo, Legrand negó con la cabeza.

—Mañana podría enseñártelo.

—¿Y por qué no hoy? —preguntó Dupin decepcionado mientras yo me frotaba las manos ante las llamas, ya que por culpa de la humedad, cada vez hacía más frío.

—¡Ah, si hubiera sabido que venías a visitarme justamente hoy! —replicó Legrand—. Se lo he prestado hace un momento al teniente Brown. Ya te he hablado de cuánto comparte conmigo la pasión por la naturaleza. Se mostró fascinado por su belleza; de manera que se lo he dejado hasta mañana por la mañana —y tras una pausa, continuó—: ¿Por qué no te quedas a pasar la noche aquí? Jupiter irá a buscarlo en cuanto amanezca. Te aseguro que la espera habrá merecido la pena. ¡Es la cosa más encantadora de la creación!

Yo miré al inspector preocupado. Si no volvía a mi casa esa noche, mi padrastro me mataría. Dupin comprendió mi situación y se disculpó.

—Lo siento, tenemos que regresar hoy a Boston —le comunicó.

—Es una pena que os perdáis el espectáculo —afirmó el profesor.

—¿El qué? ¿El amanecer? —preguntó el inspector riéndose.

Legrand negó exageradamente con la cabeza:

—¡No, hombre, no! ¡El escarabajo!

—¿Cómo es? —pregunté yo.

Los ojos de Legrand se iluminaron.

—Color oro brillante, tiene el tamaño de una gran nuez de nogal, con dos manchas de un negro azabache en un extremo y otras dos, algo más grandes, en el otro…

Jupiter, que había permanecido todo ese rato en la cocina, se asomó y se unió a la conversación:

—Es todo de oro. Nunca vi un bicho más pesado en mi vida.

—Ya me gustaría que fuera de oro, aunque realmente lo parece… —le replicó Legrand, sonriendo por fin—. ¿Es esa la razón para que dejes quemarse la comida?

Jupiter olisqueó y regresó corriendo a la cocina.

—Supongo que afirmar que es un escarabajo de oro es una forma de hablar —proclamó riéndose el inspector, que sabía que el criado de Legrand tenía una tendencia natural a exagerar.

—Es imposible que un insecto sea de oro —añadí yo.

William Legrand se encogió de hombros.

—Realmente su color —agregó dirigiéndose por primera vez a mí— es indescriptible. Yo nunca había visto un brillo metálico semejante al que emiten sus alas. Pero ya juzgaréis cuando lo veáis. Por el momento, trataré de haceros un boceto de su forma.

Se dirigió a la mesa, donde había pluma y tinta, pero no papel. Buscó en un cajón, sin encontrarlo.

—No importa. Esto servirá —dijo al fin extrayendo del bolsillo de su chaleco un pedazo de una especie de pergamino sucio, sobre el cual procedió a trazar un tosco croquis a pluma.

Mientras él dibujaba yo volví a acercarme al fuego unos instantes para calentar mis manos. El inspector me imitó. Afuera, el labrador ladraba y arañaba la puerta tratando de entrar.

Terminado el dibujo, Legrand se lo alcanzó a Dupin sin levantarse en el preciso instante en que el perro logró su objetivo, trotó dentro de la cabaña y saltó a los hombros del inspector para cubrirle de lametazos acto seguido.

—Amigo Dupin, este perro se ha encariñado contigo.

El inspector soltó una carcajada. A continuación, feliz con el revuelo que había montado, el can saltó sobre mí hasta que Jupiter tuvo que separarnos y se vio obligado a atarlo fuera de la choza para que no nos molestara.

Cuando volvió la calma, Dupin examinó el dibujo.

—¡Vaya! —exclamó—. Debo reconocer que es realmente extraño. Jamás vi nada parecido... Como no sea una calavera.

Yo pensé lo mismo. Era prácticamente igual a la calavera del esqueleto que el inspector tenía en su despacho.

Legrand, con gesto contrariado, arrebató a su viejo amigo el dibujo para examinarlo.

—¡Oh, sí! ¡Qué curioso! En efecto puede tener algún parecido...

Dupin argumentó:

—Las dos manchas negras superiores recuerdan las cavidades oculares, ¿no es verdad? Y la parte inferior parece una boca. Eso, añadido a que la forma general es ovalada...

El profesor Legrand no salía de su asombro.

—Aunque más bien me temo que no seas un gran artista —continuó el inspector con ironía—. Tendré que esperar a ver personalmente el escarabajo.

En segundos, la cara de Legrand se transformó, como si la broma de Dupin le hubiera sentado mal.

—Tal vez no sea un artista —se defendió él, picado—, pero dibujo pasablemente como todo buen naturalista.

El inspector intentó reconducir la situación:

—Pues en ese caso, querido amigo, me atrevería a decir que esto es un excelente cráneo y, si tu escarabajo se le parece, ha de ser el escarabajo más raro del mundo. Pero dime, ¿dónde están las antenas del animal?

—¿Las antenas? —exclamó Legrand, inexplicablemente acalorado—. ¡No puede ser que no distingas las antenas! Las dibujé con tanta claridad como pueden verse en el insecto mismo.

Dupin y yo escrutamos más detenidamente el dibujo y por fin pudimos verlas, pero en un color grisáceo y muy poco nítido en comparación a la calavera.

—Perdona, ahora las vemos mejor, ¿verdad, Edgar? —me dijo el inspector para no excitarlo más.

Yo asentí mientras notaba que Legrand estaba cada vez más tenso.

El inspector le tendió el papel sin decir nada más, pero ya era demasiado tarde. Legrand, poseído por la ira, tomó el papel con aire sumamente malhumorado. Pensé que lo iba a estrujar y a arrojar al fuego, cuando echó una ojeada casual al dibujo. Su rostro se puso muy rojo, para pasar un momento más tarde a una extrema palidez. Sin moverse de donde estaba siguió escrutando atentamente el dibujo durante algunos segundos. Por fin se levantó y, tomando una lámpara, fue a sentarse en un cofre situado en el rincón más alejado del cuarto. Allí volvió a examinar ansiosamente el papel, dándole vueltas en todas las direcciones. No dijo nada y su extraña conducta nos dejó estupefactos, aunque juzgamos prudente no acrecentar su mal humor con algún comentario. Lo único que hacíamos el inspector y yo era seguir sus movimientos con nuestros ojos. A continuación, extrajo su cartera del bolsillo de la chaqueta, guardó cuidadosamente el papel y metió todo en un cajón de la mesa y la cerró con llave. Se había serenado. Parecía más absorto que enfurruñado. No obstante, el inspector juzgó que lo mejor que podíamos hacer era irnos.

—¿No os quedáis siquiera a comer? —nos preguntó Jupiter.

—Se nos hace tarde. Otro día vendremos y aceptaremos la invitación —propuso el inspector.

De regreso a Boston, Dupin me contó que esos ataques de ira eran típicos del profesor.

—Pasa largas épocas malhumorado. Tras muchos años de conocerle, he deducido que, cuando se enoja, lo mejor es dejarle solo. Pueden transcurrir semanas hasta que se le pase el enfado.

Esa noche me fui a dormir pensando en la tarántula. Todavía tenía el susto en el cuerpo.

CAPÍTULO 4

LA MESA QUE HABLA

Un mes después de nuestra visita al profesor Legrand, su sirviente se presentó en la central de policía de Boston. Según me contó el inspector, Jupiter parecía muy preocupado. Siendo un hombre de natural tranquilo, que se mostrara tan nervioso inquietó a Dupin; tanto que incluso temió que hubiese sucedido alguna desgracia.

—¿Qué pasa, Jupiter? ¿Le ha ocurrido algo al profesor?

El criado negó con la cabeza.

—No exactamente. Es que nunca lo había visto tan desanimado.

Por su respuesta, el inspector intuyó que ese estado de ánimo era consecuencia del peculiar carácter de su amigo y se sintió aliviado.

—¿Y de qué se queja esta vez? —preguntó con ironía.

—¡Esa es la cosa! No se queja de nada, pero yo creo que está muy mal…

—¿Quieres decir que está enfermo? ¿Está en cama? —se interesó Dupin.

—¡No, no guarda cama! ¡De hecho, no para quieto en ninguna parte! ¡Eso es lo que me da mala espina! ¡Mala, mala, muy mala espina!

El inspector no comprendía. Aun así, se armó de paciencia y trató de sacar algo en claro.

—Jupiter, quisiera entender lo que me estás contando. Dices que el profesor no está enfermo aunque su comportamiento y estado de ánimo son más raros de lo normal. ¿No te ha confiado lo que le preocupa?

—No dice lo que le pasa, responde que nada. Y yo me pregunto: ¿por qué anda de un lado a otro todo el tiempo?, ¿por qué no duerme ni come?

—Jupiter, los dos sabemos que a veces eres muy exagerado y que Legrand es un poco misántropo o al menos le gusta aislarse. ¿No le estarás agobiando demasiado?

—¡Le juro que por mi hermano Arnold que al profesor le pasa algo malo!

Su rostro se había tornado muy serio; Arnold, su hermano pequeño que vivía en el hospital psiquiátrico, era sagrado para él. Dupin fue sacándole otros detalles según me explicó. Le ofreció una infusión para que se tranquilizase y le recordó, además, que por haber sufrido un ataque al corazón años atrás no le convenía alterarse.

—...Y está siempre haciendo números y más números. Números, letras y figuras. Los escribe en una pizarra incluso de madrugada. ¡Las figuras más raras que he visto! —dijo Jupiter Jones al tiempo que se santiguaba y daba un sorbo a su infusión—. Y cuando no está con eso, anda fuera a horas intempestivas. El otro día, por ejemplo, el señor Legrand se me escapó antes de la salida del sol y se pasó afuera el día entero. Le quiero como a un hermano pequeño, pero ¡le hubiera matado cuando llegó! Luego, no tuve coraje ni de reñirle. ¡Tenía un aire tan triste!

—Vamos a ver, Jupiter: ¿ocurrió algo desagradable después de mi visita?

—Me temo que ahí empezó todo.

—¿Cómo? ¿Qué quieres decir?

—Me refiero al bicho —murmuró Jupiter bajando la voz.

—¿El bicho? ¿Qué bicho?

Dupin estaba cada vez más perplejo.

Jupiter asintió.

—El escarabajo de oro debió de picar al señor Legrand y le envenenó el cerebro. Nunca en mi vida vi un bicho más endiablado. Pataleaba y mordía. Cuando el señor Legrand lo descubrió y fue a atraparlo, tuvo que soltarlo enseguida. Por eso yo lo envolví con un papel viejo que encontré, y además le puse un pedacito de papel en la boca. Pero el señor Legrand lo atrapó con las manos. Seguramente fue cuando le mordió.

—¿Y piensas realmente que el profesor fue mordido por el escarabajo y que eso le está haciendo desvariar o enloquecer?

Se acercó al oído del inspector para susurrarle:

—Desde entonces sueña con oro. Habla en sueños, dice que gracias al escarabajo de oro ha recuperado su fortuna. ¡Cree que el escarabajo es un mapa de un tesoro!

La historia estaba tomando unos derroteros que Dupin decidió atajar.

—¿Por qué no me entregas la carta del señor Legrand y tal vez aclaremos las cosas? —le preguntó—. Ese es el motivo por el cual has venido a verme, ¿no es así?

Jupiter se quedó boquiabierto.

—Bu-bu-buenooo, yo he pensado que, ya que tenía que venir a verle, nadie mejor que usted para explicarle mis preocupaciones por el señor Legrand. Pero ¿cómo sabe que tengo una carta suya? —preguntó incrédulo.

Dupin se rio un buen rato.

—No hay que ser muy listo. Del bolsillo de tu chaqueta sobresale una esquina de la carta y continuamente has estado echando tu mano hacia ella.

Jupiter la sacó de su bolsillo por fin y Dupin la desdobló para leerla.

Querido Auguste:

¿Por qué no has vuelto a visitarme como quedamos? Espero que no te enojaras conmigo por mi comportamiento del otro día. Ya conoces mi carácter, viejo amigo.
He recurrido a esta misiva para pedirte disculpas y porque, desde que nos vimos, vivo obsesionado por algo que quiero decirte.
Jupiter me carga con sus bien intencionadas atenciones. Está siempre encima de mí, como si yo fuera un niño pequeño. ¡A veces me agobia tanto que lo mataría!
Si no te ocasiona demasiados inconvenientes, pues, te ruego que vengas a verme en cuanto puedas, por un asunto del que ni siquiera puedo adelantarte nada. No me fío de nadie. Pero te aseguro que es de la máxima importancia.

Con todo mi afecto,

William Legrand

Dupin me contó, cuando me mostró la carta, que tras leerla se sintió lleno de inquietud. ¿Por qué no se podía fiar de nadie? ¿Qué era lo que temía? ¿Qué nueva excentricidad se había adueñado de su excitable cerebro? ¿Qué asunto «de la máxima importancia» podía tener entre manos?

Tras su visita, Jupiter se despidió alegando que tenía el encargo de comprar dos guadañas y dos palas en la tienda de Pirate Beach antes de ir a casa.

—¿Y para qué las necesita? —le preguntó Dupin con extrañeza.

—No lo sé. Todo es muy extraño —fueron las últimas palabras de Jupiter Jones antes de salir tal como había llegado. Cabizbajo.

Dos días después de aquella visita, yo caminaba por un pasillo de mi escuela cuando estuve a punto de morirme del susto. Me dirigía al lavabo cuando, de repente, vi una mesa que caminaba hacia mí. Primero me quedé paralizado pensando que era fruto de mi imaginación. Pero el mueble continuaba avanzando y además sabía mi nombre.

—Poe —gritaba—. ¡Edgar Allan Poe!

A la tercera, reconocí la voz. Se trataba de Kevin, el joven agente de la policía que había venido a buscarme a la escuela por indicación de Dupin. Como siempre, para pasar desapercibido, había hecho gala de su imaginación para los disfraces y esta vez había decidido meterse debajo de una mesa que había forrado de negro para que a él no se le viese dentro.

—El inspector estaba muy alterado —me confesó—. Me ha dicho que necesita que le ayudes y que vayas a verle de inmediato.

El director de mi colegio era el único que sabía que yo colaboraba con la policía y tenía instrucciones de dejarme salir cuando yo fuera requerido. Sin embargo, estaba fuera.

Salimos por la ventana y, corriendo, llegamos a la calle donde un carruaje de la policía nos esperaba una vez se doblaba la esquina. Así nos dirigimos a la Jefatura mientras yo me preguntaba a qué vendrían tantas prisas. Estaba convencido de que algo grave había sucedido.

CAPÍTULO 5

¿LEGRAND DETENIDO?

El agente Kevin me hizo pasar directamente al despacho de su jefe, donde él ya me estaba esperando sentado tras su mesa. Apenas me saludó, absorto en sus pensamientos.

—Se trata de mi amigo Legrand —sentenció únicamente.

—¿El profesor?

Dupin asintió mientras comenzaba su ritual para encender su pipa de caoba.

—Hoy mismo lo van a traer aquí.

Yo fruncí el ceño sin comprender.

¿Aquí? ¿Se refería a la comisaría? ¿Qué estaba diciendo el inspector? ¿Que William Legrand iba a unirse a nosotros para que habláramos los tres? Seguía sin comprender nada.

—¿Y por qué va a venir? —pregunté.

—Le han detenido —proclamó.

Tras unos segundos por fin reaccioné. ¿Habían detenido a Legrand?

—Has oído bien —asintió Dupin con los ojos vidriosos.

El inspector tomó aire, como para recuperar el aliento. La tristeza se había adueñado de su rostro.

—¿Y por qué le han detenido? —indagué.

—Le acusan de asesinato, pero yo estoy convencido de que es inocente —me indicó.

—¿Quuuééééééééé?

Creo que nunca había dicho un «qué» tan largo en toda mi vida. Duró 7 segundos. Después permanecí otros 7 segundos completamente inmóvil.

—¿El asesinato de quién? ¡Por mis muertos!

Dupin aspiró por la boquilla de su pipa.

—Conociéndole, imagino lo mucho que debe de estar sufriendo estando encerrado. Él es un hombre que necesita respirar el aire, rodearse de naturaleza. No aguantará mucho tiempo entre rejas. Pero para que pueda salir en libertad, tenemos que demostrar que es inocente. He pensado que dos cabezas piensan más que una. Por eso te he convocado. Usa tu aguda observación y tu intuición para los misterios, porque tenemos que resolver el asesinato lo más rápido posible.

Conté 5 segundos de silencio, y de nuevo tomó aire para hablar:

—Él nunca hubiera sido capaz de matar a Jupiter.

Yo me quedé paralizado.

—¿Jupiter está muerto? ¿Su criado?

No podía dar crédito a que Jupiter, el amable anciano que había conocido unas semanas antes, hubiera fallecido, y mucho menos, a que su asesino fuera Legrand.

—No tiene ningún sentido —balbuceé atónito.

Dupin asintió.

—Ya lo sé. Por fuera eran como el perro y el gato, pero se tenían gran estima.

Yo estaba indignado. Una persona de confianza del mejor detective de todos los tiempos no podía ser un criminal.

—Tiene que ser un error.

—Sí, estamos de acuerdo, pero hay que demostrarlo. Y para ello, debemos hallar al verdadero asesino.

Me contó que habían encontrado el cadáver de Jupiter en la choza donde vivían y que yo ya conocía.

—El dueño de la tienda local, el almacén Flanagan, denunció los hechos. Vio lo que había sucedido cuando fue a entregar un pedido de comida que el criado le había hecho días antes. Encontró a Legrand abrazado a Jupiter, al cadáver de Jupiter. No había nadie más. Rápidamente fue a buscar a las autoridades locales de Pirate Beach. Ellos se encargaron de detenerle.

—¿Y cómo asesinaron a Jupiter?

—Todavía no lo sé con seguridad. He actuado con celeridad. Solo sé que ha sido una muerte violenta.

—Pero… ¿qué pruebas tienen contra Legrand? —insistí.

—Para empezar, le encontraron en la choza, un lugar aislado, junto al cadáver y manchado de sangre. No es ninguna prueba definitiva, pero es motivo de sospecha. Además, han encontrado el borrador de una carta que me escribió en la que amenazaba con matarlo. Textualmente decía: «¡A veces me agobia tanto que lo mataría!». Ello, unido a la fama de irascible que tiene…

—¡Pero eso es una forma de hablar! —protesté.

—Ya lo sé —replicó—. Pero si pones eso en una carta y la persona muere, se puede convertir en una prueba incriminatoria.

Yo rememoré las docenas de veces en que había pensado que me gustaría ver muerto a mi padrastro. Y no solo a él. También a mi hermanastro y, de paso, a algunos profesores… Pero, claro, nunca se me ocurriría matarlos. Bueno, a alguno, como a mi hermanastro Robert Allan, me gustaría torturarle. Pero nada más.

—Mañana sabremos más detalles. Me he hecho cargo del caso y van a trasladar a Legrand a la Jefatura. Quiero que me acompañes en el interrogatorio.

Me sentí muy honrado. Que Dupin me pidiera ayuda me producía un gran orgullo. El problema era que al día siguiente tenía clases y no podía hacer campana todos los días. Sin embargo, el inspector se me había adelantado.

—Como el director de tu colegio mañana también estará ausente, enviaré una nota al subdirector para que puedas acompañarme sin problemas.

De regreso a mi casa, no pude dejar de pensar en el pobre Jupiter. Me crucé con Charlie, mi amigo vendedor de periódicos. Trabajaba para el *Boston News*. Me alegré de verlo, siempre era muy amable conmigo y una fuente de información. Ese día estaba especialmente contento, porque los días en que se anunciaba un asesinato, vendía muchos más ejemplares.

—Lo siento por el pobre muerto que protagoniza la noticia, pero yo gano mucho más dinero —se justificaba.

Me dejó ver la portada del *Boston News*.

Me quedé fascinado por la rapidez con la que había aparecido la noticia. ¡Los periodistas sabían más que la policía de Boston!

EL PROFESOR LEGRAND, ¿UN ASESINO VIOLENTO?

William Legrand, antes prestigioso profesor de la Universidad de Boston, ha sido detenido tras ser acusado del terrible asesinato de su criado, Jupiter Jones. El crimen ha tenido lugar en Pirate Beach. Y aunque todavía no se conocen detalles oficiales de este desgraciado suceso, fuentes cercanas han comunicado a este periódico que el cadáver mostraba signos de violencia extrema, pues el cuerpo de la víctima tenía varias cuchilladas. Parece que la sangre alcanzaba las paredes de la humilde vivienda en la que ambos residían.

Intenté imaginarme a Legrand con un enorme cuchillo y atacando a Jupiter. El pobre sirviente se defendía como podía, aunque, por su poca envergadura y avanzada edad, apenas podría esquivar los cuchillazos. La sangre había ensuciado los escasos muebles de la choza. Deduje que la noticia me había impactado porque de repente sentí náuseas.

Una señora que se había acercado a comprar un ejemplar leyó la noticia y se indignó.

—¡Qué vergüenza que alguien con estudios, un profesor que se supone que ha educado a nuestros hijos, sea un asesino!

Su esposo, unos pasos por detrás, la apoyó:

—Yo lo llevaría a la horca directamente.

Furioso, me acerqué a ellos.

—¡El profesor Legrand es inocente y lo demostraremos! —proclamé con la cabeza bien alta.

Y para que se fueran de mi lado saqué mi arma secreta. Metí la mano en el bolsillo de mi pantalón, extraje el ojo de muerto que llevaba en un frasco y se lo mostré alargando mi mano. La mujer gritó aterrorizada. Ella y su marido se largaron rápidamente.

Mientras se alejaban, les grité que no deberían acusar a nadie sin tener pruebas pero Charlie me tomó del brazo para que me tranquilizase. Comprendí que era mejor estar callado.

—Tienes razón —me advirtió Charlie—, los conozco y siempre se creen todos los titulares antes de verificar los hechos, pero ten cuidado: son capaces de chivarse a tu padrastro de que les has enseñado el ojo de un muerto.

Tras despedirme de Charlie, me alejé pensativo. No conseguía quitarme de la cabeza la violenta muerte de Jupiter. Llegué a mi casa tan abatido que ni siquiera me emocioné al ver las galletas de mantequilla que preparaba mi madrastra. ¡Las mejores galletas del mundo!

—¿Quieres una? —Me ofreció la bandeja.

Que no me apeteciera ni probarlas indicaba lo mal que me sentía. Mi madrastra incluso me tocó la frente para comprobar si tenía fiebre. Insistió tanto que cambié de idea por no preocuparla. Pensé además que comer un par de galletas me sentaría bien y calmaría mis nervios. Y me guardé media docena para dárselas al pobre profesor Legrand.

Durante la cena, Robert Allan me estuvo mirando con odio. Intuía, y con razón, que yo había sido el autor del susto del esqueleto, aunque no quería hablar de ello ni tenía ninguna prueba. Supongo que por eso aún estaba pensando si vengarse o no.

Cuando Neverland vino a visitarme por la noche a mi habitación, oí su voz saludándome con la única palabra que sabía.

—Neverland, Neverland…

—Tienes que vigilar a Robert Allan —le pedí ayuda mientras acariciaba su cabeza negra como el carbón.

Le conté que estaba convencido de que Robert Allan tramaba algo contra mí. Él se situó sobre el armario de mi habitación y ahí se quedó toda la

noche. Yo tardé un buen rato en dormirme. Entre el asesinato de Jupiter y el miedo de que mi hermanastro se vengara de mí, solo conseguí conciliar el sueño cuando ya era de madrugada.

CAPÍTULO 6

UH HOMBRE HUNDIDO

Después de acompañar a mi hermana al colegio, me presenté en la Jefatura de Policía. Todavía no eran las 9 de la mañana. Kevin me condujo a la sala donde William Legrand iba a ser interrogado. Dupin llegó casi al mismo tiempo que yo, por lo que apenas tuvimos ocasión más que para saludarnos. Instantes después, el profesor, acompañado de dos agentes, también fue conducido a la sala de interrogatorios, Entró en la sala cabizbajo, demacrado y con el pelo revuelto. Parecía haber envejecido una década y estaba pálido hasta parecer un espectro. Daba mucha pena verlo esposado. Afortunadamente, el inspector ordenó que le liberaran las manos durante el interrogatorio. Yo le entregué una caja de cartón con las galletas de mantequilla.

—Gracias —balbuceó, y me dedicó una leve sonrisa.

Sus ojos estaban vidriosos. Su rostro nada tenía que ver con el hombre presuntuoso y altivo que yo había conocido.

—¿Sabes que Jupiter tenía razón? —dijo dirigiéndose a Dupin.

El inspector le miró con extrañeza.

—¿A qué te refieres?

—Al escarabajo. Todo ha sucedido por culpa del escarabajo de oro —mascullό.

Ni Dupin ni yo comprendíamos lo que nos estaba diciendo. ¿A qué venía hablar del coleóptero cuando se le acusaba de asesinato?

—El hallazgo de ese ejemplar estaba destinado a devolverme mi fortuna. —El profesor esbozó una débil sonrisa—. Creí que iba a recuperar el esplendor de mi familia. ¿Te extraña, entonces, que lo considerara tan valioso?

Acercó más su cuerpo en dirección al inspector. Pareció como si, de repente, Legrand se olvidara del escarabajo. Se desmoronó. Sus ojos, en décimas de segundo, se tornaron llorosos.

—Yo no he matado a Jupiter. Tú me conoces, Auguste. Sabes cuánto aprecio le tenía. Empezó a trabajar para mi familia cuando los dos éramos unos jovenzuelos, él con pocos años más que yo. Sería incapaz de hacerle daño. Es cierto que discutíamos, pero no pasábamos de ahí. Y encima el pobre Arnold se ha quedado solo. ¿Quién pagará su hospital? ¿Quién le irá a ver?

Intuí que el profesor se refería al hermano esquizofrénico de Jupiter.

Dupin posó su mano sobre el hombro de su amigo. Se produjo un silencio. Ni siquiera el inspector tenía palabras de consuelo. Le acerqué las galletas y tomó una, que devoró con fruición. Creo que le proporcionó la energía para afrontar el interrogatorio.

—William, ¿sabes quién puede haber matado a Jupiter?

Legrand negó con la cabeza.

—Cuando llegué a casa, lo vi muerto.

—Explícame con detalle todo lo que recuerdes de ese día.

—Yo había ido a dar un paseo por la playa. Al llegar a casa ya noté que algo malo había sucedido. La puerta estaba abierta y toda la casa patas para arriba. Los ejemplares de mi colección de insectos estaban tirados por el suelo, así como varias prendas de ropa, los cajones abiertos... Al entrar vi a Jupiter tendido. Inmóvil. Todo estaba lleno de sangre. Lo abracé, intenté reanimarlo, lo sacudí... Inútilmente. Estaba muerto.

Inspiró hondo y de nuevo se alteró. Yo pensé que divagaba.

—La avaricia reina en nuestro mundo. ¡Maldita ambición! No sé quién le mató, pero conozco el motivo de su muerte.

Tras comerse la segunda galleta, pareció algo más sosegado.

—Auguste, te contaré todo lo que sé. Pero no solo de ese día siniestro, sino que empezaré por el principio. Así entenderás por qué mataron a mi fiel Jupiter.

Yo abrí los ojos y, aunque me avergüence admitirlo, sentí cierto entusiasmo, porque estaba a punto de escuchar la historia de un asesinato.

CAPÍTULO 7

EL DIBUJO MISTERIOSO

El profesor Legrand se dirigió al inspector.

—Recordarás la tarde en que dibujé el escarabajo en el pergamino. También recordarás que me chocó tu insistencia en que mi dibujo te hacía pensar en una calavera. Al principio creí que te estabas burlando, pero luego reconocí que tu observación tenía algún fundamento debido a las curiosas manchas negras en el dorso del insecto. No obstante, tus referencias irónicas a mis nefastas aptitudes gráficas me irritaron, ya que me considero un buen dibujante del natural. Por eso, cuando me devolviste el boceto, me dispuse a arrugarlo y tirarlo al fuego.

Legrand respiró hondo antes de proseguir.

—Pues bien, iba a estrujarlo cuando mis ojos cayeron sobre el croquis que tú habías estado mirando, y puedes imaginarte mi estupefacción al advertir que, verdaderamente, en el lugar donde yo había trazado el escarabajo había una calavera. Por un momento me quedé tan sorprendido que no pude pensar con claridad. Sabía muy bien que mi dibujo difería por completo de aquel en sus detalles, aunque, en líneas generales, hubiera cierta semejanza.

Legrand se llevó a la boca otra galleta.

—Tomando una lámpara me fui al otro extremo del salón para estudiarlo de cerca. Mi primera idea fue pensar en la extraña coincidencia de que, sin saberlo, del otro lado del pergamino hubiese un cráneo exactamente debajo de mi croquis del escarabajo, y que dicho cráneo se le parecía, tanto en la figura como en el tamaño. Admito que la singularidad de esta coincidencia me dejó estupefacto. Tal es el efecto usual de las coincidencias. La inteligencia lucha por establecer una conexión, un enlace de causa y efecto. Y al no conseguirlo, queda momentáneamente como paralizada. Pero al recobrarme del estupor, gradualmente empezó a surgir en mí una noción que me sorprendió todavía más que la coincidencia. En el pergamino no había ningún dibujo antes de trazar el escarabajo. Estaba completamente seguro. Si el cráneo hubiese estado allí, no podía habérseme escapado. Indudablemente estaba en presencia de un misterio que me resultaba imposible explicar; pero, en lo más hondo y secreto de mi inteligencia, comenzó a crecer una idea. Guardé el pergamino en lugar seguro y dejé las reflexiones para el momento en que me quedara solo.

Legrand se detuvo unos instantes. Dupin y yo le escuchábamos cada vez más fascinados.

—Una vez que os fuisteis a Boston y cuando Jupiter dormía profundamente, me puse a investigar el asunto. En primer término consideré la forma en que el pergamino había llegado a mis manos. El lugar donde encontramos el escarabajo queda en la parte sur de la playa, aproximadamente a una milla al este y a poca distancia del nivel de la marea alta. Recuerdo que cuando atrapé el escarabajo, me mordió con fuerza, obligándome a soltarlo. Entonces Jupiter buscó algo que le permitiera sujetar con seguridad el insecto. Fue ahí cuando sus ojos cayeron sobre el trozo de pergamino, si bien admito que, en aquel momento, me pareció un simple papel viejo. Estaba enterrado a medias en la arena y solo una punta sobresalía.

El profesor se detuvo unos instantes para beber un poco de agua que Dupin había pedido para él. Tras tomar un sorbo, prosiguió:

—Otro dato es que cerca del lugar donde lo encontramos reparé en los restos de la quilla de una embarcación que debió de ser la chalupa de un barco. Aquellos restos daban la impresión de hallarse allí desde hacía mucho, porque apenas podía reconocerse la forma primitiva de las maderas. El caso es que Jupiter recogió el pergamino, envolvió el escarabajo en él y me lo dio. Poco más tarde desandamos el camino y me encontré con el teniente Brown. Al mostrarle el insecto, me pidió que se lo prestara para admirarlo hasta el día siguiente. Como ya dije, es una especie muy difícil de encontrar. Al igual que yo, el teniente admira los insectos y estaba maravillado por su belleza. Acepté y se lo puse en el bolsillo del chaleco, sin el pergamino en que había estado envuelto.

Dupin y yo le escuchábamos cada vez más intrigados.

—Recordarás que, cuando me senté a la mesa con intención de dibujar el escarabajo, no encontré papel. Miré en el cajón sin verlo. Revisé mis bolsillos en busca de alguna vieja carta y mis dedos tocaron el pergamino. Si doy todos estos detalles sobre la forma en que ese papel llegó a mi posesión, se debe a que había establecido una conexión. Dos eslabones de una gran cadena se juntaban. Había un bote en una playa, y no lejos del bote había un pergamino con una calavera pintada, que es el emblema de los piratas.

—¡Un momento! —interrumpí impaciente—. Usted dijo que al dibujar el escarabajo, el cráneo no estaba en el pergamino. ¿Cómo puede establecer, entonces, una conexión entre el bote y el cráneo, puesto que este último tuvo que ser dibujado después de que usted hubo trazado el diseño del escarabajo?

Legrand me observó y sonrió, como si por unos

instantes se hubiera olvidado de que estaba ahí acusado de asesinato y argumentando por su defensa.

—No vayas tan rápido, joven. ¡Ahí está el misterio! Por eso estoy contando cómo razoné. Al dibujar el escarabajo, no había ningún cráneo en el pergamino. Al completar mi croquis, se lo pasé a Dupin y no dejé de observarlo de cerca hasta que me lo devolvió.

Escrutó al inspector.

—Tú, por tanto, no pudiste haber dibujado la calavera.

Dupin soltó una carcajada.

—Yo, además, no sé dibujar ni una circunferencia.

Legrand tomó de nuevo la palabra.

—Y sin embargo, el dibujo estaba ahí.

Legrand volvió a sonreír levemente. Tras tomarse un pequeño descanso, prosiguió con su relato.

—¿Recordáis el día que vinisteis a mi cabaña? Justo ese día el tiempo era frío y encendimos la chimenea. Como mi caminata me había hecho entrar en calor, me senté cerca de la mesa. —Se dirigió al inspector—. Por el contrario vosotros os acercasteis a la chimenea y, justamente, cuando te entregaba el pergamino, Auguste, y te disponías a inspeccionarlo, apareció el perro de mi vecino.

El inspector y yo le escuchábamos con los 5 sentidos.

—El perro saltó sobre ti. Tú le acariciaste y lo mantuviste a distancia con la mano izquierda, mientras la derecha, que sostenía el pergamino, se acercaba peligrosamente al fuego. Recuerdo que pensé que las llamas iban a alcanzarlo.

Dupin le interrumpió.

—¡Ahora comprendo! Considerando todos esos detalles, resulta evidente que el calor hizo surgir del pergamino el cráneo que encontré dibujado en él. Existen preparaciones químicas mediante las cuales se puede escribir sobre papel o pergamino, de modo que los caracteres resultan invisibles mientras no se les someta a la acción del fuego.

—Amigo Dupin, tienes una mente privilegiada. Efectivamente eso fue lo que creo que sucedió —asintió Legrand—. Tras llegar a esta deducción, me puse a examinar con cuidado el cráneo. Sus contornos exteriores, es decir, las líneas más próximas al borde del pergamino, eran mucho más precisos que los otros. No cabía duda de que la acción del calor había sido desigual e imperfecta. Encendí inmediatamente un fuego y sometí cada porción del pergamino al calor. Al principio, lo único que noté fue que las líneas más pálidas del dibujo se reforzaban; pero, continuando el experimento, vi aparecer en un rincón, opuesto diagonalmente a aquel donde se encontraba el cráneo, el dibujo de algo que al principio me pareció una cabra, y que, examinándolo con más detalle, terminé por reconocer como un macho cabrío.

—¿Un macho cabrío? ¡Vamos, vamos! —exclamó Dupin divertido—. Es el símbolo del diablo.

—Quizá hayas oído hablar del capitán Mendoza, un pirata mexicano. Su firma era precisamente un macho cabrío, así que consideré inmediatamente que el dibujo equivalía a una especie de firma jeroglífica o simbólica. Del mismo modo, el cráneo colocado en el ángulo diagonalmente opuesto producía el efecto de un sello, de un símbolo estampado. Pero lo que me desconcertó profundamente fue que faltaba el cuerpo de mi imaginado documento… El texto mismo.

—Supongo que esperabas descubrir una carta entre el sello y la firma —planteó el inspector.

El profesor se detuvo por un momento para reflexionar en voz alta:

—¿Os dais cuenta de lo accidental que resulta que todos esos acontecimientos tuvieran lugar? Un día del año en que el frío fue lo bastante intenso para requerir fuego, la intervención del perro en el preciso momento en que se produjo… Sin ello, yo no habría llegado jamás a ver el cráneo…

—Continúa, por favor —le pidió Dupin, que, como yo, estaba impaciente por saber cómo acababa la historia y su relación con el asesinato de Jupiter.

Legrand carraspeó para aclararse la voz.

—Pensé entonces que la capa de suciedad que cubría el pergamino era responsable del fracaso al acercarlo al calor, por lo cual lo limpié cuidadosamente con agua. Hecho esto, lo coloqué en el fondo de una olla de estaño, con el cráneo hacia abajo, y puse la olla sobre brasas de carbón. Pocos minutos después, cuando el fondo se hubo recalentado, retiré el pergamino y, para mi júbilo, lo encontré manchado en varias partes por lo que parecían ser números y otros signos trazados en diferentes hileras. Se trataba de un acertijo…

—¿Y qué decía el acertijo? —se me escapó.

—Es imposible memorizarlo y mucho menos a mi edad. —Negó con la cabeza.

Tomó aire y entonces sus ojos brillaron:

—¡Pero eso nos lleva al asesinato de Jupiter!

CAPÍTULO 8

EN EL ESCENARIO DEL CRIMEN

Se produjo un silencio.

—La persona que intentó robar el pergamino del escarabajo es el asesino de Jupiter —declaró William Legrand—. No tengo dudas de que alguien entró en mi casa con la intención de llevarse el mapa del tesoro.

—Pero... ¿encontró el documento? —preguntó Dupin.

El profesor se encogió de hombros.

—No lo sé. Cuando llegué y vi a Jupiter tendido en el suelo, lo último que me preocupó fue eso. Luego, me detuvieron y no pude comprobarlo. Tenéis que buscarlo. Estaba debajo de mi cama, entre el colchón y la tabla de madera del somier.

Sus ojos estaban vidriosos.

—Le echaré tanto en falta. Y la culpa fue mía por confiarle el secreto a Jupiter. Él no conseguía ser discreto. Pero estaba tan preocupado por mí, temiendo que me hubiera vuelto loco, que se lo conté.

Ese mismo día me confesó que le había dicho al teniente Brown que teníamos el mapa de un tesoro.

Al decir el nombre del teniente, el inspector y yo nos miramos pensando que podía ser un posible sospechoso. Legrand no se dio cuenta. Rompió a llorar. Conté 24 lágrimas.

Dupin le tendió un pañuelo y le preguntó:

—¿Crees que el teniente Brown pudo haber matado a Jupiter?

El inspector le dijo que cabía la posibilidad de que el teniente Brown hubiera ido a su casa tras verle salir, para a exigirle a Jupiter que le diera el mapa del tesoro; que al negarse él a dárselo, los dos hubieran comenzado una pelea que habría acabado con la muerte de Jupiter. El criado tenía cerca de 70 años, era delgado y de baja estatura, y después del ataque al corazón que había padecido, todavía era más vulnerable físicamente.

Después de un largo minuto, Legrand negó con la cabeza.

—No creo que Brown sea un asesino. A veces es pesado con sus batallitas del pasado, pero le tengo por una buena persona. Sin embargo, ya no sé nada. Cada vez me sorprende más la especie humana.

Se llevó otra galleta a la boca y de nuevo se desmoronó.

—Lo que tengo claro es que el asesino de Jupiter

tiene que ver con el pergamino donde dibujé el maldito escarabajo de oro. Tenéis que encontrarlo.

Al día siguiente, el inspector y yo fuimos a Pirate Beach en el coche de caballos de la policía. Como era sábado, me inventé que nos habían pedido que hiciéramos un trabajo escolar sobre la flora de los alrededores de nuestra ciudad y que, por ello, estaría ausente todo el día. Tras salir de Boston nos dirigimos a la carretera que conducía a las playas. Aparcamos el carruaje en la misma explanada donde lo habíamos dejado la primera vez. Ahí nos esperaba un joven agente de la comisaría de Pirate Beach al que todos conocían como Ranger, el Despistado. Tenía 16 años y era tan espigado que parecía un palo con cabeza.

Nuestro objetivo era investigar el lugar del crimen, pero antes Dupin quiso recorrer la playa donde Legrand había encontrado el escarabajo. Ran-

ger nos llevó hasta ella. Tuvimos que atravesar una espesa zona de matorrales. Muy pronto descubrimos por qué a Ranger le llamaban el Despistado.

—¡Ay, me he equivocado de camino! ¡Teníamos que haber seguido por el de la izquierda! —Se llevó las manos a la cabeza—. Y eso que he hecho este recorrido mil veces. Es que confundo la izquierda y la derecha.

Por fin llegamos a la playa. El mar había amanecido tranquilo y la temperatura era muy agradable. La marea estaba bajando y varias familias paseaban por la arena.

—¿Conoces al pirata Mendoza? —le pregunté a Ranger.

El joven asintió.

—Todos los habitantes de la zona hemos oído hablar de él.

Para distraerme, decidí dibujar con el pie unas rayas paralelas en la arena mojada cuando, de repente, sentí un pellizco en el tobillo. ¡Un enorme cangrejo, al que debí de pisar, me acababa de morder la pierna! Ranger y Dupin no pudieron evitar reírse. Luego, este se dirigió al joven agente:

—¿Has oído hablar de que en esta costa se encontrara algún tesoro importante?

—Hasta ahora solo han sido rumores. Pero, que yo sepa, nadie ha encontrado nada valioso aquí.

Escondido entre la maleza, divisamos los restos

del barco al que se había referido Legrand. Podía identificarse una parte de la proa a pesar de que la madera estaba muy deteriorada. Nos acercamos.

—Historias sí que se cuentan muchas sobre tesoros enterrados en estas costas atlánticas —siguió el joven agente—. En especial sobre Mendoza, pero también sobre otros piratas. Se dice que llegó a acumular inmensas riquezas que enterraba bajo tierra.

—Tales rumores deben de tener algún fundamento —me susurró en un aparte el inspector—. El hecho de que se hayan mantenido tanto tiempo y en forma ininterrumpida me lleva a pensar que sí pudiera haber algún tesoro enterrado y no recuperado. Podría ser que por algún motivo —continuó con sus razonamientos—, por ejemplo por la pérdida del documento que indicaba el sitio exacto, le hubiera sido imposible al pirata Mendoza recobrar su tesoro. Y que dicho hecho llegara a conocimiento de sus secuaces. Si otros piratas intentaron buscar el tesoro en esta zona, tan pequeña y donde todos se conocen, y encima sin ningún resultado, la noticia se extendería como la pólvora.

Escruté a Dupin con admiración. Una vez más, sus deducciones me impresionaban. Se detuvo unos instantes para respirar el aire del mar. Y se dirigió a Ranger para ir a la casa de Legrand.

Mientras nos dirigíamos a la choza de Legrand, Dupin siguió dando vueltas al asunto. Ranger, que caminaba delante de nosotros, nos condujo por un atajo, aunque no resulto ser más corto porque se equivocó de ruta.

Tuvimos que caminar 15 minutos extra entre los matorrales y los campos de centeno. Por suerte, Ranger llevaba una guadaña colgada de la cintura que le ayudó a abrirnos paso en las zonas de vegetación espesa. Nos contó que casi todos los lugareños utilizaban una guadaña o una hoz para abrirse paso y desplazarse de un lado a otro, sobre todo en esa época primaveral del año, cuando los arbustos y los matorrales estaban más crecidos.

Era cerca del mediodía cuando llegamos a la choza de Legrand. Lo primero que Dupin quiso investigar fueron las huellas de calzado que conducían a la puerta de entrada de la choza. Así que nos detuvimos en un pequeño camino flanqueado por piedras y plantas. El tipo de tierra era ideal para examinar el tipo de zapatos. Era arenoso lo que hacía que al pisarlo dejara unas marcas muy bien definidas. Sin embargo, los tres nos dimos cuenta de que ese camino no nos serviría mucho de ayuda. ¡Había decenas de huellas de zapatos marcadas, de todos los tamaños!

—El día del asesinato vinieron aquí dos compañeros de la comisaría de Pirate Beach y muchos curiosos se acercaron a la choza. No es frecuente que aquí veamos un homicidio —se justificó el joven policía.

—Es una pena —proclamó el inspector—. Probablemente hemos perdido una de las pistas más reveladoras.

—¡Vaya, lo siento! Después la choza ha estado custodiada, pero me temo que ya era demasiado tarde, ¿no?

Efectivamente, un agente de la policía de unos 40 años estaba vigilando la entrada de la casa y los alrededores para que nadie pudiese tocar o cambiar de sitio las pruebas del crimen. Tras saludarle, abrimos la puerta y lo primero que vimos fue que la cerradura había sido forzada. La madera de la puerta tenía huellas de una patada que había hecho saltar la débil cerradura de la casucha. Pensé que Legrand, al encontrar la puerta abierta, ni se habría dado cuenta. Y de repente caí en que era una pista importante y compartí mi idea con Dupin.

—Inspector, tenemos que ver si la llave de repuesto está en el escondite de siempre.

Que la llave estuviera en su sitio indicaba que el asesino no era una persona cercana, ya que los amigos de Legrand conocían ese escondite y hubieran podido abrir la puerta sin forzarla. Ese era el caso del teniente Brown.

Fuimos apresuradamente hasta la piedra donde se escondía la llave, a 3 pasos de la choza. Al levantar la pequeña piedra con forma de corazón que hacía de tapa, comprobamos que seguía ahí, en la hendidura. Sin embargo, el inspector, una vez más, me dio una lección con su razonamiento para que no me precipitase en mis conclusiones:

—El asesino también pudo destrozar la cerradura simplemente para despistar a la policía.

A continuación hizo el ejercicio de ponerse en el lugar del sospechoso, una práctica que Dupin solía aplicar para intentar comprender su comportamiento. En este caso, el teniente Brown.

—El día de los hechos, Brown comprobó que no había nadie en la casa. Después buscó la llave y entró en la cabaña con intención de buscar el pergamino del tesoro. Pero entonces apareció Jupiter, que no había acompañado al profesor. Tal vez solo había salido a dar un paseo breve. Los dos forcejearon y el teniente, más corpulento que el sirviente, lo mató probablemente sin querer. Al salir de la casa, asustado por lo que había ocurrido, se le ocurrió destrozar la cerradura para que todo pareciera un robo que acaba mal, como tantos otros que se producen. Y de esta forma alejaba las sospechas de él.

—¡Guau!

El inspector se echó a reír y añadió:

—Es solo una hipótesis, mi joven amigo. Fantasear es fácil. Entremos para hallar pruebas reales.

La choza solo tenía tres departamentos: la sala, la cocina y una habitación que compartían Legrand y Jupiter. Interpreté que el aseo estaba fuera de la choza.

Primero de todo, revisamos la sala, donde el desorden era total, como si un huracán hubiera arrasado el lugar. Estaba claro que el intruso buscaba algo. Pero, sobre todo, me impresionó la violencia que se respiraba en el ambiente. ¡Había mucha sangre seca salpicada en todas partes! No solo en el suelo, sino incluso en las paredes. Los cuadros con insectos habían sido arrancados y se habían roto. Los dos cajones de la mesa estaban fuera de su sitio. Los libros habían sido arrojados con saña, las hojas arrugadas, como si hubieran buscado algo entre sus páginas. También había diferentes piezas de ropa. Los vidrios de las vitrinas estaban por todas partes. De repente mis ojos se clavaron en los pedazos de cristal verde pertenecientes a la pecera donde estaba la tarántula.

—¿Y Amalia? —grité espantado.

—Andará suelta…

A partir de ese instante, no dejé de vigilar a mi alrededor ni un segundo pero ya no conseguí estar tranquilo. Y de la araña, ni rastro.

En el suelo, por indicación de Dupin, habían dibujado el contorno del cuerpo de la víctima. La sangre acumulada a su alrededor daba un aire aún más macabro a la escena.

—A falta de la autopsia, podemos deducir que murió degollado —afirmó el inspector—. Alrededor del cuello es donde se acumula más sangre.

—¿Y con qué arma le han matado? —pregunté todavía impresionado—. Ninguno de los cuchillos de la cocina parecen ser capaces de este destrozo.

Dupin se encogió de hombros.

—Esperemos a la autopsia. En unos días lo sabremos con certeza.

Se acercó a la pared y, con su dedo índice, señaló varias zonas de esta. Podían verse gotas de sangre de todos los tamaños esparcidas e incluso regueros. También habían quedado marcadas diferentes líneas como en bajorrelieve, como si el asesino hubiese hecho unos surcos con su arma.

—Pero en efecto, por lo que se ve aquí, debió de ser un arma grande.

Dupin me entregó su lupa de plata y me pidió que buscara pistas por la sala. Mientras tanto, él se concentraría en el dormitorio y se dedicaría a localizar el pergamino y el escarabajo, que según Legrand estaba guardado en la cocina dentro de una caja de madera.

Sin querer me miré el brazo con la lente de aumento y… ¡Qué susto me di! Mis pelos eran gigantescos. Tomé nota mental para enfrentarme a los insectos disecados, que seguro que parecerían monstruos a través de la lupa. Además, cada vez que levantaba un objeto, temía encontrarme a Amalia debajo. Por supuesto, respiraba aliviado cuando comprobaba que no estaba.

Examiné bien la chimenea, una maleta desvencijada, las prendas de ropa… Lo más extraño era un jersey de niño. ¿Qué hacía ahí tirado? Tras investigar la sala a conciencia, estas fueron las pistas que encontré. Las escribí en un papel, siguiendo las indicaciones de Dupin:

LISTA DE PRUEBAS

- Un pelo de color rojizo (no son muy frecuentes las personas con pelo color rojizo; puede ser una pista importante)
- Restos de sangre en el borde de la repisa superior de la chimenea
- Una maleta pequeña
- Un par de botas de hombre
- Unos calcetines verdes
- Unos pantalones
- Un jersey de hombre
- Un jersey de niño

Recogí las pruebas sin tocarlas con la ayuda de un pañuelo. La ropa y la maleta las introduje en una gran caja y el pelo dentro de un sobre. También hice un dibujo de dónde se encontraban las manchas de sangre de la chimenea, así como su forma y tamaño.

Me reuní con Dupin. Él también había finalizado su búsqueda. Por su rostro comprendí que estaba satisfecho solo a medias. Me aseguró que el pergamino ya no estaba escondido entre el colchón y los listones de madera del somier. Alguien lo había robado.

—Lo he buscado por todos lados y no lo he encontrado.

Entonces sacó del bolsillo de su pantalón una pequeña caja con diminutos agujeros en los laterales. En su interior, pude ver por fin el famoso escarabajo. Realmente parecía de oro. Lo escruté fascinado. Su caparazón era brillante, como si estuviera hecho de oro macizo. En una extremidad del dorso tenía dos manchas negras y redondas y, en el otro extremo, una mancha larga. Poseía élitros dorados, duros y relucientes.

De regreso a Boston, mientras íbamos en el carruaje de la policía, mostré a Dupin mi lista de pistas. La leyó con mucho interés.

—¿Y si el asesino se cambió de ropa después de cometer su crimen? —sugerí.

—Pero ¿entonces qué sentido tiene que entre la ropa se encuentre una prenda de niño?

—¿Y si la ropa era de un cómplice? —planteé.

—Necesitamos investigar más —concluyó el inspector.

Deberíamos esperar a la autopsia y a los siguientes interrogatorios. Los dos coincidíamos que, por el momento, solo teníamos a un sospechoso, el teniente Brown, pero no podíamos descartar nada.

Llegamos a la central algo decaídos porque no había rastro del pergamino que según todos los indicios era clave para encontrar al asesino. Eso sí, teníamos el escarabajo de oro.

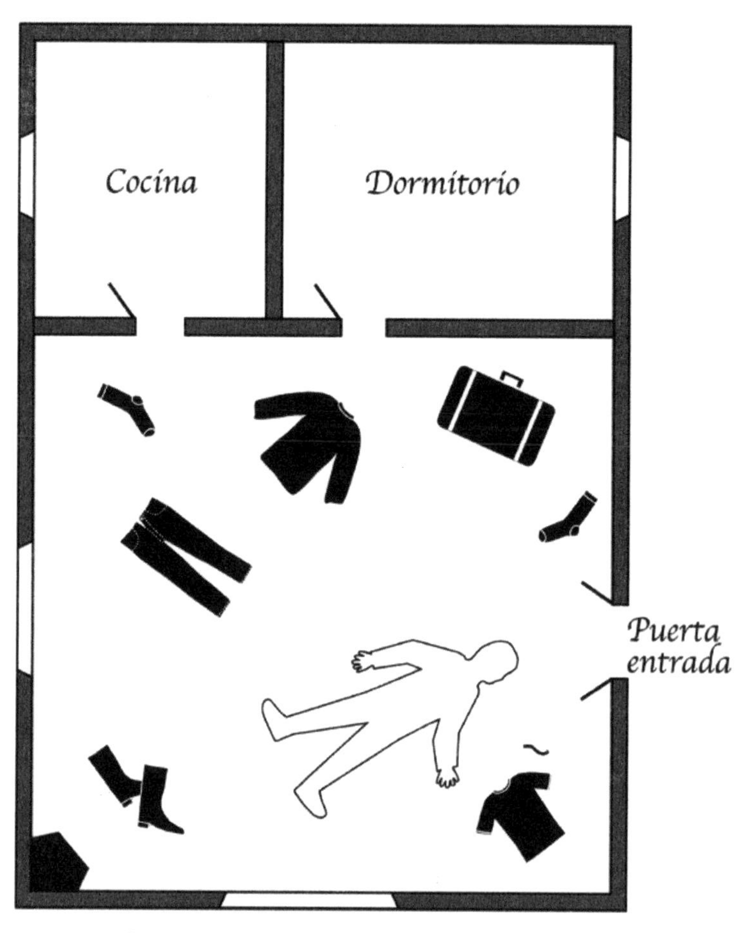

Plano Choza William Legrand

CAPÍTULO 9

EL TENIENTE BROWN

Según nos contó Legrand, él y el teniente Dirk Brown se conocían desde que el profesor se había instalado en Pirate Beach. Brown era un militar en la reserva al que le encantaba la naturaleza y en especial pasear por la playa. Tenía 68 años y, a pesar de su aspecto bonachón, al igual que Legrand, tenía un carácter difícil. Siempre estaba recordando su época de soldado y su lesión en la pierna izquierda, que arrastraba levemente. Necesitaba la ayuda de un bastón para avanzar. De lo contrario, se desequilibraba.

Cuando entró en la sala de interrogatorios y pasó a mi lado, me di cuenta de que era muy corpulento. A pesar de su movilidad reducida, podía haber asesinado a Jupiter.

Lo primero que nos dijo fue que estaba indignado por el simple hecho de ser investigado.

—Yo pensaba que Legrand era mi amigo —repitió enfadado—. ¡Cómo puede sospechar de mí!

—Legrand también cree que usted es inocente —se me escapó.

El teniente miró furibundo a Dupin.

—Entonces, ¿es usted quien me acusa?

Dupin intentó tranquilizarle diciéndole que tenían la obligación de interrogar a todo el mundo del entorno de Jupiter. Luego, se levantó y se situó frente a él.

—¿Conocía la existencia de un pergamino con un supuesto mapa del tesoro? —preguntó.

—¿Y eso qué tiene que ver conmigo?

—A cualquier persona le gustaría encontrar un tesoro. ¿Sabe dónde está el mapa?

El teniente negó con la cabeza.

—Nunca lo hubiera robado, por muy valioso que fuese. Soy un hombre honrado. El honor es lo único que le queda a un viejo militar como yo.

—¿Sabe si alguien más se enteró de la existencia del pergamino?

Brown frunció el ceño pensativo.

—Jupiter se lo comentó al dueño del almacén Flanagan. Y Gary Flanagan no es precisamente discreto —refunfuñó.

—Dígame: ¿dónde estaba usted el día en que mataron a Jupiter?

Brown no tardó ni 2 segundos en contestar:

—Estaba solo, como casi siempre —sentenció—. ¿Dónde?, no me acuerdo.

—Haga memoria.

—¿Recuerda la batalla de Winsley? Pues bien, ahí una bala me rozó el cuero cabelludo y creo que mi cabeza quedó afectada. Desde entonces tengo peor memoria...

Bla-bla-bla.

El inspector estaba mostrando una gran paciencia. De repente, noté que fruncía el ceño. Eso significaba que había descubierto algo importante. ¿Acaso ya sabía quién era el asesino de Jupiter?

—El interrogatorio ha finalizado. Ya puede irse, señor Brown. Muchas gracias.

Yo no comprendía nada. El exmilitar, tampoco. Se levantó entre sorprendido y aliviado por el cambio de actitud de Auguste Dupin. Recogió su bastón y salió de la sala.

—¿Cómo sabe que es inocente? —le pregunté con gran curiosidad cuando los dos nos quedamos a solas.

—¿Recuerdas las huellas de zapatos que vimos en el camino y a la puerta de la cabaña de Legrand?

Yo asentí:

—Recuerdo que usted dijo que con tantas huellas era imposible deducir qué tipo de zapatos llevaba el asesino.

El inspector sonrió.

—No podemos distinguir claramente el tipo de calzado que pisó el suelo del exterior de la casa ese

día, pero sí podemos descartar algunas evidencias. Por ejemplo, sabemos que no había ningún zapato de un gigante.

Yo no comprendía nada. ¿Un gigante? ¿A qué se refería el inspector?

—Tampoco vimos que hubiera huellas de una rueda de coche de caballos, ni de un oso, ¿verdad?

Por fin comprendí. Había deducido que el teniente no era el asesino por algo que había descartado.

—¡El bastón! —proclamé dichoso por mi descubrimiento—. Lo que usted me está intentando decir es que tampoco había ninguna marca de la punta de un bastón. Eso demuestra que el teniente llevaba varios días sin ir a casa de Legrand. Y por tanto, tampoco estuvo ahí el día del asesinato.

—¡Exactamente! Te felicito, jovencito.

Dupin me dio unas palmadas en el hombro y yo las recibí feliz. Sin embargo, ¿qué íbamos a hacer ahora que nos habíamos quedado sin nuestro principal sospechoso?

Dupin leyó el desánimo en mi rostro.

—Todavía tenemos que hablar con los demás vecinos de la zona —me indicó—. Y tú serás el encargado de volver a estudiar el terreno mañana, porque yo tengo que trasladarme a casa de mi madre. Ha caído enferma y es muy mayor.

Yo miré al inspector, que acababa de encender

su pipa, casi emocionado. Que alguien como él confiara en mí así me hacía sentir muy importante.

Así, fui de nuevo a Pirate Beach para investigar sobre el terreno. El agente Kevin fue el encargado de acompañarme y quien condujo el carruaje. Era domingo y decidí que mi hermana viniera con nosotros. Les dije a mis padrastros que la familia de Rosalie había organizado un pícnic y que me habían invitado. Mi hermana, una vez más, estaba encantada de colaborar en un caso policial. Yo le hacía creer que me ayudaba mucho para que estuviera contenta.

Tras dejar el vehículo en la explanada, nos dirigimos caminando en primer lugar al almacén Flanagan, la única tienda de Pirate Beach. Ahí se vendía de todo: desde comida hasta herramientas o semillas de todo tipo. Pedí a Rosalie que se quedara fuera y le dije que vigilara para que estuviera distraída. En el almacén, encontramos detrás del mostrador a su dueño, Gary Flanagan, un hombre de unos 45 años y un metro y medio de altura. Le dijimos que queríamos hablar con él del caso y se mostró muy dispuesto. Nos explicó muchas cosas que ya sabíamos y confirmó que Jupiter había comprado dos palas en su tienda recientemente, más una guadaña y una hoz. También nos dijo que el día del asesinato fue a entregar el pedido de comida que precisamente Jupiter le había encargado entonces.

—¿Sabía que Legrand dejaba la llave en un escondite fuera de su casa?

No lo dudó.

—Sí, claro. La he usado muchas veces. Pero ese trágico día la puerta estaba abierta.

De nuevo pensé lo mismo que con el teniente Brown. ¿Qué sentido tenía que forzara la puerta? A no ser que lo hubiera hecho, como decía Dupin, para despistar a la policía.

Rosalie entró en la tienda al cabo de un rato y me pidió que la dejara ayudar. Como la había puesto al corriente del caso, se lo había prometido. Estaba emocionada porque yo le había dicho que podría hacerle una pregunta a un posible asesino. Se la había aprendido de memoria. Carraspeó para que su voz saliera más adulta y dijo al dueño de la tienda:

—¿Es cierto que usted conocía la existencia de un antiguo pergamino con un mapa?

Gary Flanagan asintió al tiempo que Rosalie me dio un codazo para preguntarme si lo había hecho bien. Yo le pedí que se callara para poder oír la respuesta del dueño del almacén.

—Sí, me lo confesó Jupiter confidencialmente. Había estado muy preocupado por el extraño comportamiento del señor Legrand y aquello podía ser la causa.

Como de momento su declaración coincidía con lo que sabíamos, le mostramos la ropa que habíamos encontrado. Flanagan vendía ropa, pero no reconoció ninguna de las prendas ni a nadie que las hubiera llevado.

—Es ropa muy normal —afirmó—. Ropa humilde, como la que usa la mayoría de los habitantes de aquí.

La examinó con detenimiento sin encontrar nada que le llamase la atención hasta que vio las botas.

—El propietario de estas vestimentas podría ser de origen italiano —manifestó satisfecho por su descubrimiento.

—¿Y cómo lo sabe? —le preguntamos asombrados.

Nos mostró la plantilla interior. En la suela, por dentro, estaba grabado: Giuseppe Marini – Milano.

—Algunos artesanos zapateros firman sus trabajos.

Kevin, Rosalie y yo nos miramos admirados. ¿Y si el asesino era italiano? Era una buena pista.

—Pero yo no conozco a ningún emigrante italiano que viva en Pirate Beach —nos aseguró Flanagan acto seguido.

Por su parte Kevin había descubierto, a través de

los archivos de la comisaría, que Flanagan tenía antecedentes policiales y que había tenido que enfrentarse a la justicia años atrás. Le preguntó directamente por ello, pero el tendero se defendió visiblemente ofendido.

—¡Fue en defensa propia! Un ladrón quiso robarme y no tuve otra opción que dispararle. ¡Y fui exculpado!

Kevin se acercó un paso más a él:

—Pero eso demuestra que no tiene mucha paciencia. ¿También actúa con contundencia cuando no le pagan las deudas?

—Los negocios son los negocios —declaró sin más.

Yo anotaba en mi libreta todo lo que nos iba diciendo para mostrárselo a Dupin cuando regresara de su viaje. Cuando estábamos a punto de salir de la tienda, entró una mujer impresionante. Al menos debía de medir dos metros. Sus hombros eran inacabables; parecía un armario con patas. Me recordó a una niñera que tuvo mi hermana en su casa de acogida. A Rosalie debió de pasarle lo mismo, porque dio un paso atrás y se escondió detrás de mí. Pensé en la fuerza que debía de tener. Pero lo que más me llamó la atención fue su pelo pelirrojo. ¡Era del mismo color del cabello que yo había encontrado en la cabaña! Esperamos a que se fuera para poder preguntar a Flanagan quién era. Nos dijo que se llamaba Alice Cooper. Yo, rápidamente, apunté su nombre en mi libreta.

Cuando nos quedamos solos, le conté a Kevin que ella podía ser la asesina porque había encontrado un cabello pelirrojo en la choza. Rosalie también me escuchó y casi le da un ataque al corazón, pero se repuso enseguida.

—Qué emocionante —masculló.

Nos dirigíamos a la cabaña de Legrand cuando un hombre vino corriendo tras nosotros. Se llamaba Armand Bolt y debía de tener unos 30 años. Al parecer, Flanagan le había dicho que estábamos buscando sospechosos.

—... Tienen que interrogar a Fideo Wilson —nos soltó—. Creo que es el asesino. Vive aquí cerca con su esposa y sus cinco hijos. Es campesino.

—¿Y por qué cree que pudo haber matado a Jupiter? —le pregunté acercándome más a él mientras apuntaba su nombre y el de su supuesto sospechoso.

Noté entonces que su aliento olía a alcohol, por lo que pensé que no tenía mucha credibilidad.

—Tiene muchas deudas de juego. Por dinero, ese sería capaz de cualquier cosa.

Puso tal entusiasmo y rabia en su acusación, que terminó tropezando y cayéndose al suelo. Estaba totalmente borracho. Le ayudamos a levantarse y, estando en aquel estado, le dejamos ir a dormir a su

casa. No obstante, apunté todo lo que me había dicho, así como su nombre y dirección, para informar al inspector.

Exactamente, 6.234 pasos después llegamos al fin a la cabaña. El calor húmedo de ese día hizo que una legión de moscas y mosquitos revoloteara sobre nosotros durante todo el camino.

—¡Qué pesadas son las moscas! —protesté.

—¡Sí, qué pesadas son las moscas! —repitió mi hermana.

El agente Ranger custodiaba la puerta y nos saludó alegremente. Fue agradable hablar con él. Sin embargo, por desgracia, en nuestro registro del lugar de los hechos no vimos nada nuevo.

Estábamos a punto de irnos cuando, a los pies de Rosalie, vi de nuevo a la tarántula Amalia. Me pareció todavía más enorme, peluda y asquerosa. Rápidamente, miré a Rosalie; sentí que tenía que protegerla.

—Cuidado, Rosalie, cerca de ti hay una tarántula —le susurré con la voz encogida—. No hagas ningún movimiento brusco, no grites.

Rosalie tragó saliva, sus ojos quedaron abiertos como platos. En ese instante pensé que mi hermana iba a morir.

CAPÍTULO 10

UNA RATA GIGANTE

Rosalie contemplaba la araña como embobada.

—¡Es enorme! —proclamó.

—¡Chissst! —le respondí—. No alces la voz.

Kevin y Ranger también estaban aterrorizados.

—¡Qué exagerados sois! —dijo mi hermana, y esbozó una gran sonrisa.

Yo estaba alucinado. ¿No tenía miedo? Y no solo eso. De repente vi cómo se acercaba a la araña y se inclinaba para verla mejor.

—¿Estás loca o qué? —le grité—. ¡Apártate!

—Qué bonita es —masculló.

Entonces, con dos dedos de su mano derecha, sujetó con firmeza su cuerpo. Kevin, Ranger y yo no salíamos del asombro.

—¿Por qué me miráis así? ¡Es solo una pobre araña!

—Déjala en el suelo —le supliqué entre furioso y asustado—. ¿Es que no te das cuenta de que te puede matar?

Rosalie se desternillaba.

—Los chicos presumís mucho de valientes, pero después nada. ¡Cómo podéis ser tan cobardes!

Y yo pensé que cómo podía ella ser tan valiente, pero no dije nada. Por fin, salió de la cabaña y con delicadeza la posó en el suelo. La araña salió corriendo y la seguimos con los ojos hasta perderla de vista.

—¿Dónde has aprendido a tratar así a las arañas? —le pregunté.

—¡Es muy fácil! Me enseñó John Bala, un sobrino de mis padrastros, durante el último verano.

Como el camino de regreso era largo y llegó el relevo del joven agente, este se prestó a acompañarnos. Nos dijo que conocía un atajo.

—Me he equivocado de dirección, tenemos que regresar al punto de partida —se disculpó a medio camino.

Todos, y en especial Rosalie, protestamos, porque al final el atajo estaba resultando ser más largo que el camino normal.

Tras nuestro regreso a Boston, acompañé a mi hermana hasta su casa y me dirigí a la mía. Yo también estaba exhausto, pero bastante satisfecho. Gracias a nuestras pesquisas, teníamos varios posibles sospechosos. Habíamos interrogado ampliamente a

Gary Flanagan, el dueño de la tienda, y seguro que cuando regresara, Dupin llamaba a declarar a Alice Cooper, la mujer pelirroja, y al tercer sospechoso, el denunciado por el hombre ebrio. El inspector tendría que decidir si también llamaba al borracho que lo acusaba. Y encima existía la posibilidad de que el asesino fuera italiano, una pista muy curiosa y que podría ser determinante.

Mientras estaba conciliando el sueño esa noche, noté que mi almohada parecía moverse. Primero pensé que solo era una impresión mía. Normalmente me abrazaba a ella hasta dormirme. De golpe, sin embargo, noté algo en la cara, algo que me había rozado. Al incorporarme, pude ver de qué se trataba. Sobresaltado, di un grito desgarrador. ¡Era una enorme rata peluda y de ojos grandes! Alguien la había metido dentro de la funda de mi almohada.

Al oír mi alarido, mi madrastra vino corriendo.

—¿Qué ha pasado? ¿Estás bien?

—¡¡¡Es que hay una rata en mi cama!!!

Al rato volvió con una escoba y entre los dos echamos al roedor.

Entre la tarántula y la rata, fue un milagro que ese día no muriese de un ataque al corazón. Y mientras me dejaba abrazar por mi madrastra, vi en el marco de la puerta a mi hermanastro Robert Allan. Sonreía.

Me juré a mí mismo que la venganza sería terrible.

CAPÍTULO 11

¿LOS CADÁVERES HABLAN?

En efecto, tras el regreso de Dupin, este decidió interrogar personalmente a todos los sospechosos. El inspector estaba encantado con el informe que yo había hecho tras nuestra visita a Pirate Beach, pero quería ver con sus propios ojos las reacciones de cada uno.

El primero que fue llamado a declarar fue Gary Flanagan. No añadió nada nuevo a lo que me había contado a mí, excepto que, a la pregunta de si pensaba que Legrand pudiera ser el asesino, respondió taxativamente que no.

Mi sospechosa de pelo rojo, Alice Cooper, ni siquiera tuvo que declarar. Poco antes, según me contó Kevin, uno de los policías de Pirate Beach se presentó en la Jefatura de Policía para entregar una documentación sobre el caso de Jupiter. En cuanto Dupin lo vio, le preguntó si había estado en la choza.

El joven asintió. Fue el primero en llegar al lugar del crimen.

—¿Por qué me mira tanto el pelo? —le preguntó a Dupin.

¡El joven policía era pelirrojo! Y no solo eso, además el inspector se percató de que se le estaba empezando a caer el pelo considerablemente. Eso explicaba el porqué de ese cabello pelirrojo que yo encontré en la choza. Lo compararon con otro que arrancaron del joven agente y, bajo el microscopio, resultaron exactamente iguales. Rizados y gruesos. Cuando llegó Alice Cooper, comprobó que su pelo era liso y muy distinto. De esta forma, la enorme mujer quedó exculpada.

El campesino Fideo Wilson también fue llamado a declarar. Era un hombre de gran envergadura, pelo rizado y tez morena. Previamente, yo le había contado a Dupin que Armand Bolt, el hombre que lo había denunciado, estaba ebrio. El inspector me dijo que si había alguien que consideraba a Wilson sospechoso, debía ser investigado, y añadió:

—*In vino veritas.* O lo que es lo mismo: los borrachos suelen decir la verdad. Además, tenemos mucho que ganar y poco que perder.

Fideo Wilson se defendió argumentando que Bolt le había acusado por venganza. Estaba convencido de que solo quería perjudicarle, así que Armand Bolt fue requerido para que hiciera oficial su testimonio. El hombre se presentó en la comisaría esa misma tarde. Esta vez no estaba bebido e insistió en su acusación.

—Fideo Wilson era mi amigo —dijo—. Me pidió dinero recientemente y me juró que era para alimentar a su familia. Pero al final descubrí que era para jugárselo. Es adicto al juego y las apuestas. Sé que nunca me lo va a devolver. Y cuando se lo fui a reclamar, me amenazó violentamente.

Nos contó que en la zona se organizaban partidas de póker en las que se jugaban grandes cantidades de dinero. Wilson era uno de los participantes habituales y últimamente estaba teniendo muy mala racha.

El inspector le dijo a Armand Bolt que acusar a alguien falsamente también podía ser un delito. Él trató de justificarse:

—Es cierto que no tengo ninguna prueba, pero sé que Wilson está desesperado y sería capaz de matar a su propia madre por dinero.

A continuación, Fideo Wilson fue convocado de nuevo con esta información para ver si era capaz de rebatirla. Llegó a la comisaría con una firme coartada. Su esposa y madre de sus 5 hijos le acompañó y juró que ella había estado con él todo el día en que se cometió el asesinato. Reconoció que a veces participaba en las timbas de póker y que había tenido problemas de dinero.

—Pero yo no soy un asesino —insistió una y otra vez.

Nadie había visto a Fideo acercarse a la choza

de Legrand y tampoco se encontró ninguna prueba incriminatoria en su casa, así que también quedó libre por falta de pruebas.

La autopsia de Jupiter se había realizado en el Hospital Universitario de Boston y el inspector me permitió acompañarle al día siguiente para hablar con el doctor Andrew, encargado de llevarla a cabo. Pasamos a la sala de los cadáveres y, a pesar de haber visto tantos muertos en mi vida, me impresionó ver a Jupiter sobre una mesa, lleno de cortes.

Esto es lo que decía el informe:

AUTOPSIA DE JUPITER JONES

Boston, a 9 de junio de 1820
Autopsia realizada por el doctor Michael Andrew

El cadáver corresponde a un varón caucásico de 68 años y complexión delgada. Presenta diversas heridas inciso-contusas en todo el cuerpo, principalmente en el torso y la cara externa de las extremidades superiores. Las heridas son de diferentes tamaños. La mayor, de 1,5 pulgadas, está situada en el cuello a nivel laterocervical izquierdo. Tiene una profundidad de 1 pulgada y fue la que le provocó la muerte por hemorragia severa.

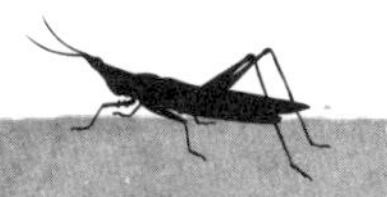

Por la forma y cómo ha sido seccionada la piel, podemos concluir que dichas heridas fueron realizadas por un arma de filo curvado, probablemente una hoz de tamaño mediano. Asimismo, por la contundencia y disposición de los cortes, podemos concluir que fue asesinado por un hombre de complexión fuerte y de mayor altura que la víctima. Por ello, casi todos los cortes que presenta el cuerpo se han realizado en sentido diagonal de arriba abajo.

Debido a la cantidad de sangre perdida y a la severidad de la hemorragia del cuello, podemos deducir que la víctima seguía algún tratamiento que hacía que su sangre fuera más líquida. El historial médico de la víctima y las lesiones halladas en su corazón lo confirman.

Además de la mencionada herida mortal y de las otras heridas encontradas, en la parte posterior del cráneo se distingue una fuerte contusión traumática que, si bien no fue fatal, sí pudo causarle una pérdida de la conciencia hasta que se desangró.

Mientras esperábamos al doctor Andrew, que se ausentó unos minutos de la sala, yo pensaba en lo preciso que era su análisis en algunos aspectos. Por ejemplo, lo que decía del corazón de Jupiter y del tratamiento para que su sangre fuera más líquida. Eso explicaba que hubiera tanta sangre en el escenario del crimen. Otra conclusión interesante de la autopsia era que el asesino era alto y de complexión fuerte. De esta forma, el dueño del almacén Flanagan, Gary Flanagan, quedaba definitivamente exculpado, ya que tenía la misma altura que Jupiter.

Sin embargo, Dupin estaba preocupado.

—¿Acaso esperaba más de la autopsia? —le pregunté.

—Sí, la verdad. Es interesante pero no definitiva —se apresuró a contestarme—. No demuestra la inocencia de Legrand, que era lo que esperaba.

—Pero la autopsia nos ha revelado qué buscar como arma del crimen —intenté ser positivo.

—En efecto, saber que la hoz fue el arma homicida es un dato muy importante, pero no en un lugar como Pirate Beach. La mayoría de su población es campesina y la hoz es una herramienta imprescindible para el campo. Y ya sabes que el propio Jupiter compró una hoz por encargo de Legrand. Todos los vecinos utilizan algún instrumento similar para poder avanzar entre los matorrales de la zona, así que en este sentido todos son posibles sospechosos.

—También sabemos ahora que el asesino era más alto que Jupiter.

—Te recuerdo que Jupiter solo medía un metro y medio —puntualizó—. Salvo Flanagan, casi todos los adultos son más altos que él.

El inspector aprovechó que el médico todavía no había regresado para reconstruir el crimen:

—Seguramente, el asesino comprobó que no había nadie en la casa y entró forzando la puerta. Sin duda su objetivo era encontrar el pergamino con el mapa del tesoro del que había oído hablar en la zona. Buscó por todas partes, sin ningún cuidado: abrió armarios, tiró la mesa al suelo, las vitrinas... Entonces llegó Jupiter, que debió de encontrarse al ladrón con las manos en la masa. El pobre criado poco pudo hacer para defenderse. El asesino, que llevaba una hoz, intentó acuchillarle una y otra vez, algunas veces cortando a la víctima, otras veces fallando. Finalmente, Jupiter debió de desequilibrarse hacia atrás y se dio un golpe en la nuca contra la chimenea, en la que quedó la huella de su sangre. Cayó o quedó aturdido. El asesino le remató acuchillándole en el cuello y acabó muriendo desangrado. Tras su vil acto, el atacante, al ver que había matado a Jupiter, salió huyendo para no ser incriminado. Lo que no sé es si tuvo o no la sangre fría de seguir buscando el pergamino tras su crimen...

En ese instante, el doctor Andrew regresó a la sala de autopsias y se disculpó por haberse ausentado.

—No pasa nada, por supuesto —le indicó Dupin.

—Es que me falta lo más interesante…

El doctor Andrew se acercó a su mesa y buscó algo. Lo que no sabíamos en ese instante era que la información que estaba a punto de darnos iba a suponer un antes y un después en la investigación del caso.

—Ha sido un hallazgo realmente extraño —nos advirtió, y a continuación proclamó con una sonrisa—: Y luego dicen que los muertos no hablan. Miren lo que he encontrado dentro de su boca…

CAPÍTULO 12

EL ACERTIJO

El doctor Andrew sostenía con unas pinzas una especie de papel doblado.

—Estaba oculto entre la encía superior y el labio.

El inspector y yo nos miramos sin comprender.

—Si no se ha deshecho, se debe a que, en realidad, no es un papel —puntualizó el médico.

Dupin, tras unos instantes, sonrió.

—Déjeme adivinar. Es un pergamino.

El médico asintió sorprendido.

—¿Cómo lo sabe?

Tanto Dupin como yo dedujimos que Jupiter se había escondido el pergamino en la boca temiendo que alguien lo fuera a robar.

El doctor fue hasta un cajón y extrajo una bandeja donde colocó el pergamino. Lo desdobló con sumo cuidado. Los pliegues a los que había sido sometido para poder introducirlo en la boca eran evidentes, pero se veía perfectamente la calavera en la parte superior y el macho cabrío en la parte inferior. Sin duda, era el pergamino que había descrito Legrand.

Toscamente trazados en rojo, en medio, aparecían los siguientes signos:

```
57 (537 &?29?+ 37 31 %+$31 231 +(?;)+ 37 14 ;?114
231 2?4(1+

:54937$4 8 57 6942+; $93:3 <?75$+;

7+97+923;$3

$9+7:+ )9?7:?)41 ;3)$?<4 94<4 142+ 3;$3

$?942 231 +!+ ??>5?392+ 23 14 :4(3?4 231 <539$+

31 3;:494(4!+ :43 %4:39 1?734 49(+1 :?7:537$4 )?3;
```

Dupin y yo nos miramos con extrañeza.

—Tenemos entre manos el mapa de un tesoro —proclamó convencido cuando nos quedamos a solas.

Nos quedaba un apasionante camino por recorrer, pero para ello teníamos que descifrarlo. Y yo, por supuesto, no entendía nada de lo que decía el pergamino. ¿Qué significaban esas cifras tan extrañas? ¿Y todos esos signos que se colaban entre los números?

—¿Tiene idea de qué significan? —le pregunté.

Me di cuenta de que el inspector ni siquiera me había escuchado porque estaba escrutando el mensaje con un interés inusitado.

—Es un criptograma —sentenció con la pipa entre sus dedos.

Yo seguía sin comprender, así que me intentó explicar lo que era.

—Es un mensaje que ha sido escrito utilizando algún tipo de clave. Eso significa que solo puede ser entendido por aquellos que posean la clave o logren descifrarla. Uno de los métodos más usuales y simples para crear un criptograma es el llamado cifrado por sustitución, que consiste en reemplazar cada letra por otra o por un número. Con un par de ejemplos lo entenderás.

Ya en su despacho, Dupin buscó una libreta y escribió en un papel unas cifras y letras que no me dejó ver. Después escribió el siguiente mensaje:

V5V8 N26ST38 T30P8

—¿Entiendes algo? —me preguntó

Yo negué con la cabeza. Para mí no tenía ningún sentido.

—Está bien, te voy a enseñar la clave…

M	U	R	C	I	E	L	A	G	O
1	2	3	4	5	6	7	8	9	0

—Ahora solo tienes que sustituir los números por letras.

Con esa clave era fácil descifrarla. El 1 era la letra M; el 2, la U...

Así, rápidamente pude leer:

VIVA NUESTRA TROPA

A continuación, el inspector me puso otro ejemplo.

—Un mensaje también puede cifrarse cambiando cada letra por la siguiente del alfabeto. Aquí la clave sería Alfabeto+1.

A = B   B = C   C = D   D = E   E = F…

CESAR = DFTBS

—Para complicarlo todo más, se puede reemplazar cada letra por la que está tres lugares más adelante en el alfabeto, con lo que la clave sería Alfabeto+3. En este caso la palabra CESAR pasaría a ser FHVDU.

Estos dos ejemplos me hicieron pensar que no era tan difícil solucionar acertijos, pero enseguida volví a la realidad.

—Te advierto que no es tan fácil solucionar los acertijos. Sobre todo si no tienes la clave de referencia.

—Y entonces, ¿cómo se solucionan? —le pregunté.

Dupin se tocó la cabeza.

—Pues con la lógica. Lo primero que hay que hacer es observar ese extraño mensaje durante horas.

«Qué aburrido», pensé. Pero Dupin me entregó otro papel y una pluma, y me animó a probar usando mi capacidad para fijarme en los detalles.

—Escribe todo lo que se te ocurra, prueba y

error. Además, la solución no puede ser tan complicada como parece desprenderse de una primera mirada a los caracteres, teniendo en cuenta lo que se sabe del pirata Mendoza, que era un hombre sin educación ni cultura.

Dupin me contó los pasos que teníamos que seguir y yo los anoté:

1) DEDUCIR IDIOMA DEL TEXTO

2) DESCUBRIR LETRAS PREDOMINANTES

3) ANÁLISIS DE FRECUENCIA DE LETRAS

4) EMPLEAR INFORMACIÓN LÓGICA SOBRE EL ALFABETO

De esta forma empezamos a seguir los pasos.

1) DEDUCIR IDIOMA DEL TEXTO

Dupin se acomodó en la silla para comenzar con sus razonamientos:

—En todos los casos de escritura secreta, la primera cuestión se refiere al idioma del mensaje. En general, no queda otro recurso que ensayar, basándose en el conocimiento de quien ideó la clave, con todos los idiomas posibles. En nuestro caso sabemos que el pirata Mendoza era mexicano, y su lengua materna era el español. Sabemos que no recibió apenas educación, por lo que descarto el inglés, cuyos conocimientos no alcanzarían la lengua escrita. Por lo tanto, me voy a arriesgar a dar por sentado que el idioma utilizado en este mensaje es el español.

Afortunadamente, tanto Dupin como yo teníamos conocimientos de español y, además, el inspector contaba con la ayuda de Bruno Castro, un profesor de español nacido en Madrid que vivía en Boston y colaboraba con la policía como traductor. También vimos que el texto estaba separado en 6 líneas y que tal vez cada una de ellas era una frase o un concepto diferente.

2) DESCUBRIR LETRAS PREDOMINANTES

Lo segundo que hicimos fue contar el número de signos que había en el texto y ver cuáles se utilizaban más.

57 (537 &?29?+ 37 31 %+$31 231 +(?;)+ 37 14 ;?114 231 2?4(1+

:54937$4 8 57 6942+; $93:3 <?75$+;

7+97+923;$3

$9+7:+)9?7:?)41 ;3)$?<4 94<4 142+ 3;$3

$?942 231 +!+ ?¿>5?392+ 23 14 :4(3¿4 231 <539$+

31 3;:494(4!+ :43 %4:39 1?734 49(+1 :?7:537$4)?3;

Lista de veces en que aparecen signos y cifras

3 → 28 veces	4 → 23 veces	+ → 18 veces
1 →16 veces	9 → 15 veces	? → 13 veces
7 → 14 veces	2 → 12 veces	$ → 11 veces
; → 9 veces	: → 9 veces	5 → 8 veces
(→ 6 veces	) → 5 veces	< → 4 veces
¿ → 2 veces	! → 2 veces	% → 2
8 → 1vez	& →1 vez	6 →1 vez
> →1 vez		

Dupin me había indicado que me concentrara en los tres signos más utilizados y que los escribiera en la libreta.

3 = 28 veces
4 = 23 veces
+ = 18 veces

3) ANÁLISIS DE FRECUENCIA DE LETRAS

En tercer lugar, nuestra misión era saber qué letras se utilizaban más en el idioma español, en qué orden y con qué frecuencia. Con la asesoría del profesor de español Bruno Castro, supimos que las letras más frecuentes en español son las siguientes:

E - A - O - S - R - N - I - D - L - C

Había discrepancias de opiniones en cuanto a la ganadora, pero todos coincidían en que entre la A y la E andaba el juego, entre un 13% y un 14%, si bien Bruno nos aseguró que, en su opinión, la E era la más usada. En tercer lugar, se sitúa la letra O (con más de un 10%). En cuarto lugar, ya con menos probabilidad que las vocales, se encuentran las letras S y R.

Tras estudiar el texto, por tanto, decidimos suponer que los signos que más se repetían eran las 3 vocales que aparecen en los 3 primeros lugares.

Así:

3 = 28 veces = letra e

4 = 23 veces = letra a

+ = 18 veces = letra o

Con todos estos datos ya podíamos comenzar a resolver el criptograma, sustituyendo esos 3 signos (el 3, el 4 y el +) por las letras correspondientes. Y volvimos a escribir el mensaje:

57 (5e7 &?29?o e7 e1 %o$e1 2e1 o(?;)o e7 1a ;?11a 2e1 2?a(1o

:5a9e7$a 8 57 69a2o; $9e:e <?75$o;

7097092e;$e

$907:o)9?7:?)a1 ;e)$?<a 9a<a 1a2o e;$e

$?9a2 2e1 o!o ?¿>5?e92o 2e 1a :a(e¿a 2e1 <5e9$o

e1 e;::a9a(a!o :ae %a:e9 1?7ea a9(o1 :?7:5e7$a)?e;

4) EMPLEAR INFORMACIÓN LÓGICA SOBRE EL ALFABETO

—A partir de este momento —argumentó el inspector— tenemos que utilizar la lógica para resolver el enigma.

Yo le escuchaba boquiabierto.

—Para empezar vamos a buscar conjuntos de palabras de dos letras que se repitan y comprobar si alguno podría corresponderse con los más usados.

Según nos dijo Bruno Castro, en el idioma español los conjuntos de dos letras más usados son: ES, EN, EL, DE, LA, OS, UN, AR, UE, RA, RE, ER, AS, ON, ST, AD, AL, OR, TA, CO.

De esos conjuntos buscamos las que eran palabras por sí mismas: ES, EN, EL, DE, LA, UN, AL.

Las palabras de 2 letras que aparecen en el criptograma son:

57
e7
1a
2e
e1

Dupin señaló diferentes partes del texto misterioso.

—Si nos fijamos en los pares más usados, el 7 solo puede ser la N, con lo cual el 5 es la U. Y, por tanto, el 1 es la L. Así tenemos tres letras más para sustituir.

5 = letra u

7 = letra n

1 = letra l

un (uen &?29?o en el %o$el 2el o(?;)o en la ;?lla 2el 2?a(lo

:ua9en$a 8 un 69a2o; $9e:e <?nu$o;

no9no92e;$e

$9on:o)9?n:?)al ;e)$?<a 9a<a la2o e;$e

$?9a2 2e1 o!o ?¿>u?e92o 2e la :a(e¿a 2el <ue9$o

el e;:a9a(a!o :ae %a:e9 l?nea a9(ol :?n:uen$a)?e;

A partir de estas nuevas pistas y por pura lógica ya conseguimos deducir otras letras para formar palabras. El inspector me pidió que solucionara el significado de algunos signos. ¡Y acerté muchos!

—Fijándome en este grupo —dije señalando (**uen**—, apostaría a que el signo de paréntesis abierto es… ¡una B! —proclamé—. Y no hay duda de que en **l?nea** la vocal que falta es la letra I.

¡Me lo estaba pasando en grande!

—En cuanto a **2e** y **2el**, el 2 solo puede ser una D.

De esta manera, pudimos colocar las siguientes 3 letras:

(= letra b

? = letra i

2 = letra d

un buen &idgio en el %o$el del obi;)o en la ;illa
del diablo

:uagen$a 8 un 6gado; $ge:e <inu$o;

nogno9de;$e

$gon:o)gin:i)al ;e)$i<a ga<a lado e;$e

$igad del o!o i¿>uiegdo de la :abe¿a del <ueg$o

el e;::agaba!o :ae %a:eg linea agbol :in:uen$a)ie;

Con la incorporación de las últimas letras, conseguimos deducir algunas palabras más. Por ejemplo, **a9bol**. Sin duda, el 9 era la R.

De repente me fijé en una de las palabras. Curiosamente se iluminó en el papel con los rayos dorados del sol y así deduje:

e;::araba!o = escarabajo

¡La palabra **escarabajo** aparecía en el acertijo y, gracias a la luz del sol, parecía escrita en oro!

Así:

9 = letra r

; = letra s

: = letra c

! = letra j

Y tras colocar la C, podemos deducir otra palabra:

$rece = trece $ = letra t

El mensaje, a partir de las últimas deducciones, quedaba así:

un buen &idrio en el %otel del obis)o en la silla del diablo

cuarenta 8 un 6rados trece <inutos

nornordeste

tronco)rincipal se)ti<a ra<a lado este

tirad del ojo i¿>uierdo de la cabe¿a del <uerto

el escarabajo cae %acer linea arbol cincuenta)ies

Ahora ya podíamos traducir perfectamente el resto del acertijo:

&idrio   & = letra v

%otel   % = letra h

obis)o   ) = letra p

cuarenta 8 un 6rados trece <inutos

8 = letra y   6 = letra g   < = letra m

¡Cuando vi que lo habíamos resuelto, no daba crédito!

Un buen vidrio en el hotel del obispo en la silla del diablo

cuarenta y un grados trece minutos

nornordeste

tronco principal séptima rama lado este

tirad del ojo izquierdo de la cabeza del muerto

el escarabajo cae hacer línea árbol cincuenta pies

Yo estaba entre impresionado y boquiabierto con lo que habíamos conseguido. Leí el mensaje 67 veces. El problema era que el acertijo todavía parecía un acertijo.

CAPÍTULO 13

EN BUSCA DEL TESORO

El enigma no estaba resuelto en absoluto. ¿Qué sentido tenía hablar de «la silla del diablo» o «el hotel del obispo»?

Me hice una lista de lo que tendríamos que descubrir para que el mensaje cobrara significado.

LISTA DE INCÓGNITAS

- Un buen vidrio
- El hotel del obispo
- La silla del diablo
- Cuarenta y un grados trece minutos
- Nornordeste
- Tronco principal séptima rama lado este
- Ojo izquierdo de la cabeza del muerto
- Escarabajo
- Hacer línea árbol cincuenta pies

De primeras, no conseguí deducir nada, a no ser que «cuarenta y un grados trece minutos» parecía

una medida y «nornordeste», una dirección. Pero poco más. Claro que sabía lo que era la cabeza de un muerto o un árbol o un escarabajo, etcétera, pero no qué relación tenían con las pistas para hallar el tesoro. No tenía la menor idea.

Así, el sábado Dupin y yo regresamos a Pirate Beach para buscar sobre el terreno y pedimos al agente Ranger que nos acompañara. A pesar de sus despistes, conocía bien la zona, ya que había nacido y se había criado allí. Y llevamos palas y otras herramientas por si encontrábamos el lugar donde estaba enterrado el supuesto tesoro. ¡Era emocionante! El inspector decidió que, por si acaso, también lleváramos el escarabajo, ya que en el acertijo se citaba ese animal. Kevin, que lo tenía en custodia, nos lo entregó dentro de una caja y nos advirtió que tuviéramos cuidado porque a veces mordía.

Ranger, para hacer honor a su mote, llegó 12 minutos tarde porque había olvidado la guadaña que usaba para abrirse camino y había tenido que regresar a su casa a por ella. Lo primero de todo, le mostramos los nombres de la lista que aparecían en el acertijo por si le sonaba alguna expresión.

—La verdad es que todo me suena a chino —reconoció después de pasarse 3 minutos mirando la lista.

—Fíjate bien —intervine yo señalándole algunos de los nombres—. ¿No ha habido por aquí una posada llamada Hotel del Obispo? ¿O hay algún lugar que se conozca como la Silla del Diablo?

Ranger negó con la cabeza.

—Si no sabemos ni por dónde empezar, será imposible saber a qué se refieren todas estas expresiones —proclamé yo desanimado.

—Poe tiene razón —añadió Ranger.

—Qué poca paciencia tenéis los jóvenes —resopló Dupin, y nos miró con una sonrisa.

Interpreté que acababa de ocurrírsele una idea.

—Si no es un lugar concreto, como ha quedado descartado, pues Ranger no lo conoce, ¿qué podría ser «un buen vidrio»?

—¿Un vaso? Quizás se refiera a alguna bebida —aventuré.

—O unas gafas —se animó Ranger.

El inspector ensanchó aún más su sonrisa.

—Cuando nos referimos a piratas o a marineros, en mi opinión, «un buen vidrio» solo puede referirse a un catalejo. En su contexto, es lógico pensar que se trata de colocar el catalejo en un lugar concreto. Y dicha deducción concuerda con las expresiones «cuarenta y un grados trece minutos» y «nornordeste», que constituyen indicaciones para una determinada orientación del catalejo. ¿El problema ahora es saber dónde hay que colocarlo?

De su maletín de piel negra extrajo un catalejo y una brújula.

—De momento, he venido preparado con estos instrumentos.

Mi respeto por aquel hombre crecía con cada lección que aprendía de él. ¡No se le escapaba ni una! Y al parecer, su ingenio era contagioso, porque de repente Ranger propuso, como si hubiera hecho un gran descubrimiento:

—Hay una antigua familia de esta zona llamada Bispo. Poseen una casa solariega a unas 2 millas de aquí. Igual tiene alguna relación con lo del Hotel del Obispo.

Dupin escrutó satisfecho a Ranger.

—¡Muy bien, muchacho! Al escuchar el apellido Bispo, es posible que un pirata mexicano como Mendoza, que no conocía bien el idioma inglés, oyera «Obispo».

Animados, caminamos durante 26 minutos por un estrecho camino hasta que encontramos un terreno vallado. Al fondo, entre la vegetación, podía distinguirse una gran casa, aunque de aspecto bastante descuidado. Cuando entramos, comprobamos que se trataba de un asilo para ancianos.

—La última descendiente de los Bispo falleció hace unos años. Como no tenía herederos, la casa pasó al gobierno, que ha decidido convertirlo en un asilo —nos informaron—. Pero nunca ha sido un hotel.

Aprovechando que nos encontrábamos allí, pedimos permiso para hablar con los ancianos. Casi nos disponíamos a irnos de la finca, cuando un anciano nos detuvo. Debía de tener más de 80 años, pero sus ojos estaban llenos de vida.

—Yo recuerdo un lugar de cuando era pequeño que los lugareños llamaban el Castillo del Bispo. Lo bautizó un antepasado de la familia Bispo y está cerca de aquí, en lo que eran sus propiedades, pero no se trata de ningún castillo ni hotel.

Y se echó a reír.

—¿Y entonces qué es? —le preguntamos intrigados.

—Es una elevada roca —afirmó el anciano— situada en la explanada de las piedras gigantes.

Ranger también había oído hablar de esa explanada, aunque no conocía esa roca en concreto. Dupin ofreció al anciano un pequeño pago si nos mostraba el lugar donde se encontraba. De nuevo emprendimos una caminata que duró 25 minutos y nos condujo a una explanada donde una docena de rocas de diferentes tamaños se elevaban una al lado de otra, como alineadas. La más grande de todas era una formación rocosa bastante empinada que debía de medir unos 100 metros de altura.

—Es aquí —declaró señalando esa inmensa mole.

—Pero, ¿dónde está el castillo? —le preguntamos.

—Se llama así porque tiene una especie de mirador arriba. Yo, cuando era joven, subí varias veces. Si quieren verlo, deberán hacer lo mismo.

El anciano tendió su mano al inspector para recibir su dinero, que Dupin pagó sin rechistar, y se alejó satisfecho con su pequeño botín.

Escruté al inspector pensando que él también estaría algo decepcionado. Era difícil creer que ahí arriba encontraríamos alguna pista, pero teníamos que intentarlo. Tardamos casi una hora en subir, ya que el camino era muy empinado. Sin embargo, Dupin, a pesar de su edad, iba más rápido que nosotros. Cuando por fin alcanzamos la cima, nos quedamos los tres en silencio. El «castillo» consistía en una explanada situada en el alto de la enorme roca desde donde se divisaba parte de Pirate Beach y, en el lado opuesto, una zona de árboles y arbustos. Desde ahí también podíamos ver la cima de las otras rocas que daban nombre a la explanada de las piedras gigantes.

—¿Y ahora qué hacemos? —pregunté impaciente—. Obviamente aquí no hay ninguna silla.

—Igual nos hemos equivocado de lugar —me apoyó Ranger.

—O quizás debamos buscar más —insistió Dupin.

Los tres nos pusimos a buscar alguna pista. Tras mirar a mi alrededor, mis ojos se posaron en un es-

trecho saliente en la cara oriental de la roca. Tendría unas 50 pulgadas de largo y apenas unas 12 pulgadas de ancho. Cerca de la punta del saliente había una especie de respaldo cóncavo. Todo ello hacía que pareciese una silla como las que utilizaban nuestros antepasados. Pero lo mejor de todo era que en ese respaldo, grabado en la piedra, se podía vislumbrar: 666. ¡El número del diablo!

Sentí entonces que mi corazón se paralizaba.

CAPÍTULO 14

¡UN CRÁNEO HUMANO!

No había duda: allí estaba «la silla del diablo» mencionada en el manuscrito. Acababa de penetrar en el secreto del acertijo. El inspector y Ranger se giraron hacia mí. Entusiasmado, quise deslizarme por la cornisa para sentarme en ese asiento, pero Dupin me lo impidió.

—Es peligroso. Nunca me perdonaría que te pasase algo. Detente —me ordenó, y no solo porque consideró que todavía era un niño, sino que añadió otra razón ante mis protestas—: Creo que las mediciones están hechas por un adulto, así que iré yo.

Debajo de «la silla del diablo» solo había una pared recta. Caerse de ahí significaba desplomarse por un acantilado de 100 metros. Atamos a Dupin a una cuerda que sujetamos entre Ranger y yo, mientras él se deslizaba con los brazos en cruz sobre la cornisa con bastante agilidad. Cuando estaba a punto de llegar, casi se desequilibró. Por suerte entre los dos pudimos tensar la cuerda y el inspector pudo continuar avanzando. Por fin se sentó en «la silla del diablo» y sonrió.

—Acabo de darme cuenta de algo muy interesante —hablaba riéndose—, que, a pesar de mi edad, soy más ágil de lo que pensaba.

Tras unos segundos en que recobró el aliento, miró a su alrededor.

—Solo es posible mantenerme sentado en esta posición. Creo que estamos en el buen camino.

Sacó el catalejo del bolsillo de su chaqueta y lo colocó frente a su ojo derecho.

—Por supuesto, enfocaré hacia el nornordeste cuarenta y un grados, trece minutos.

—Y lo de los minutos, ¿qué tiene que ver? —preguntó Ranger.

—Los minutos se utilizan como medida complementaria de los ángulos. Cada grado sexagesimal se divide en 60 minutos sexagesimales —le aclaré yo.

—¡Qué lío! —admitió Ranger, que no comprendía nada, soltando una risotada—. Yo, que me lío siempre con la izquierda y la derecha, sería incapaz de hacer esas mediciones.

El inspector estableció los parámetros del acertijo ayudado por su brújula, primero en dirección nornordeste y luego, apuntando el catalejo en un ángulo de elevación lo más próximo posible a cuarenta y un grados, trece minutos. Movió el catalejo con todo cuidado hacia arriba y abajo, hasta que le llamó la atención un gran árbol que sobresalía de los demás en la distancia. Se trataba de un enorme tulípero.

—Sé dónde se encuentra ese tulípero, es un árbol famoso por su inmenso tamaño —afirmó Ranger cuando oyó a Dupin describir lo que veía.

Entonces Dupin notó que en el centro del visor del catalejo había una pequeña mancha blanca, aunque al principio no logró distinguir lo que era. Por fin, abriendo y cerrando su ojo, volvió a mirar hasta que descubrió algo que le dejó boquiabierto.

—¡No os lo vais a creer! —nos dijo—. He hecho un descubrimiento alucinante…

—¿Qué ha visto? —le interrumpí; yo ya no podía esperar más.

—Es un cráneo… Un cráneo humano.

Ranger y yo nos miramos entre fascinados y emocionados por lo que acababa de decirnos el inspector. Sentimos que por fin estábamos cerca de la resolución del acertijo.

Las últimas frases tenían que ver con el árbol donde el inspector había visto el cráneo.

—Está claro que «tronco principal séptima rama lado este», se refiere al tulípero localizado con el catalejo —deduje.

Dupin asintió con la cabeza satisfecho.

—Mientras «tirad del ojo izquierdo de la cabeza del muerto» alude a la cavidad ocular del cráneo —añadió el inspector.

—¿Y qué pinta aquí el escarabajo? ¿«El escarabajo cae hacer línea árbol cincuenta pies»? —frunció el ceño Ranger mientras leía la última parte del acertijo—. Quien escribió esto no sabía redactar muy bien…

—Creo que hay que tirar el escarabajo por el agujero del ojo de la calavera.

Dupin hablaba entusiasmado.

—Pero Ranger tiene razón: ¿y lo de «hacer línea»? —insistí yo.

—Estoy seguro de que lo comprenderemos cuando lleguemos al lugar —predijo esta vez el investigador encogiéndose de hombros.

Auguste Dupin se puso de pie sobre la silla y, con mucho cuidado, recorrió el saliente hasta llegar a la explanada. Bajamos de la roca y emprendimos una larga caminata.

Ranger, que conocía el lugar, nos dijo que creía

que sabría llegar hasta ese sito sin perderse. Le pedimos que pensara bien el camino, porque el agotamiento empezaba a pesarnos y el calor apretaba ya con más fuerza.

Entramos en una zona más desolada, una especie de meseta, aunque cerca de la cima de un monte cuyas laderas aparecían densamente arboladas. Yo calculo que caminamos unos 12.000 pasos. Tardamos exactamente 1 hora y 35 minutos. La plataforma natural a la que habíamos trepado estaba cubierta de espesas zarzas, a través de las cuales hubiera sido imposible pasar de no tener con nosotros la guadaña. Con ella, Ranger nos abrió paso en dirección al gigantesco tulípero que convivía con unos 10 robles, sobrepasándolos a todos por la belleza de su follaje, su forma, la enorme extensión de las ramas y su majestuosa apariencia. Habíamos dado con el árbol del pergamino, ¡y sin perdernos!, lo que hizo que Dupin felicitara efusivamente al joven agente. El inspector se ofreció a trepar por el árbol, pero Ranger se lo impidió.

—Ahora me toca a mí. Tengo 16 años y, como todos los que vivimos aquí, estoy muy acostumbrado a trepar por los árboles. Esto no es tan peligroso como antes.

Con este pacto, nos acercamos más al árbol y dirigimos los ojos hacia arriba.

—Por fin, lo comprendo —murmuró Dupin—. Se trata de dejar caer el escarabajo por el ojo izquierdo del cráneo y ver dónde cae en el suelo. Sabéis que, para trazar una línea recta, necesitamos dos puntos, ¿verdad? Pues ya los tenemos: hay que trazar una línea recta desde el árbol a ese punto en que haya caído el escarabajo, una línea que, alargándola, en total debe medir cincuenta pies.

Señaló hacia la base del árbol y animó a Ranger:

—¿Listo? Arriba entonces, y lo antes posible, porque empieza a ser tarde.

—¿Cuánto tengo que subir? —inquirió Ranger.

—Yo te guiaré. Empieza por el tronco, y ya te diré qué camino tienes que tomar para alcanzar la calavera —le indicó el inspector—. ¡Espera un momento! Llévate el escarabajo contigo.

Ranger se guardó la caja con el coleóptero en el bolsillo de su pantalón y se dispuso a subir por el tulípero. Su cuerpo espigado contribuía sin duda a que pudiese hacerlo con gran agilidad. Además, el tronco tenía una corteza irregular y nudosa que le permitía sujetarse bien. Abrazando el árbol con brazos y rodillas, buscaba con las manos algunos salientes y apoyaba en otros sus botas de piel.

—¿A qué altura estás? —preguntó Dupin.

—A la altura de la sexta rama —le oímos decir.

—¡Solo te falta una más!

Pocos minutos más tarde oímos otra vez la voz de Ranger, anunciando que había llegado a la séptima rama.

—¡Ahora escucha, Ranger! —gritó Dupin—. Quiero que avances lo más que puedas por esa rama. Si ves algo raro, avísame.

Oímos un ruido seco y después un pequeño grito del joven policía.

—Creo que esta rama está un poco podrida.

Dupin y yo nos miramos pensando que, si se caía desde esa altura, podría matarse.

—Ve con cuidado —le suplicamos.

—¡Ya he llegado casi a la punta!

Y tras unos instantes, por fin berreó:

—¡La calavera!

—¡Perfecto! —le contestó Dupin admirado de lo fácil que había sido—. ¿Cómo está sujeta a la rama?

—Pues es muy curioso… Hay un gran clavo en la calavera que la tiene sujeta al árbol.

De repente oímos un crujido. La rama se estaba resquebrajando.

—¡Date prisa, Ranger! —le grité.

—Busca el ojo izquierdo del cráneo —añadió Dupin—. Pasa el escarabajo por él, déjalo caer, y baja del árbol deprisa.

—¡OK, señor! —le oímos decir.

Pero entonces Ranger pegó un chillido.

—¿Estás bien? —le preguntamos.

Ya pensábamos que le había sucedido algo malo al no tener respuesta, cuando nos llegó su voz:

—¡El escarabajo me ha mordido al sacarlo de la

caja! ¡Maldito bicho! —le gritó enojado—. Ahora mismo lo tiro.

Después de 7 segundos, el escarabajo impactó sobre la tierra, que amortiguó el golpe. Su caparazón estaba hacia arriba y brillaba como un globo de oro puro bajo los rayos del sol poniente que iluminaban el lugar donde estábamos.

Al poco rato, vimos bajar a Ranger.

—¡Muy bien, muchacho! —le felicitó Dupin por su valentía.

Sin tiempo que perder, clavamos una estaca exactamente debajo del insecto. Yo fui el encargado de recoger el escarabajo, y me sucedió lo inevitable. También me mordió en el dedo cuando lo introducía en la caja.

—¡Por mis muertos, ciertamente eres un maldito bicho! —berreé dolorido.

Pero nadie se compadeció de mí. Dupin estaba demasiado ocupado midiendo los 50 pies.

Una vez en ese punto, nos pusimos a sacar tierra por turnos con las palas. Tras una hora cavando, ya estábamos a una profundidad de 5 pies, sin que apareciera la menor señal de un tesoro. Solo tierra y más tierra. Siguió un momento de descanso en el que se notó que empezábamos a perder la esperanza de encontrarlo. Unos 30 minutos después continuábamos sin encontrar nada que no fuera tierra. Hasta que, de repente, yo topé con un material duro. Era algo alargado, pero no podía ver todavía de qué se trataba. Me incliné para recogerlo. ¿Qué habría descubierto? ¿Tal vez un candelabro de oro?

Dupin se acercó a mí y no dudó de lo que era ni un momento.

—Es un hueso humano…

Ranger y yo enmudecimos al oírle. ¡Acabábamos de descubrir a un muerto!

CAPÍTULO 15

¿IZQUIERDA O DERECHA?

Creo que se trata de un húmero —nos informó el inspector—. Y por su aspecto yo diría que lleva más de 50 años ahí enterrado.

Ranger y yo nos miramos incrédulos. Seguimos cavando y así encontramos un montón de huesos más. Y no solo eso, también varios botones metálicos y aparentes restos de lana podrida y de piel de calzado.

Dedujimos que ahí había dos hombres enterrados bajo tierra.

—¿Quiénes serían? —pregunté.

El inspector se atusó la barba.

—Solo se me ocurre una explicación plausible. Que Mendoza enterrara aquí el tesoro con la ayuda de dos de sus hombres. Tal vez ellos, en el último momento, se rebelaran intentando quedarse con el tesoro. Mendoza consiguió matarlos y huyó con el botín, por si acaso, a otro lugar.

El desánimo se apoderó de nosotros.

—Lo que está claro es que el tesoro no está en el lugar marcado en el mapa. Nos hemos equivocado de ubicación.

Cabizbajos, recogimos los utensilios y abandonamos el lugar. A pesar de que ya estaba empezando a ponerse el sol, el calor continuaba siendo intenso para estar en junio. Las moscas revoloteaban sobre nosotros.

Dupin y yo volvimos a Boston en silencio, pensando que habíamos fracasado. Era ya de noche cuando llegué a mi casa. Estaba agotado y encima, a la hora de la cena, tuve que aguantar a mi hermanastro que estaba de un humor de perros. Se puso a discutir con mi madrastra por una simple bata blanca. Cuando no estaba mi padre adoptivo, como aquel día, se atrevía a tratarla sin ningún respeto.

—En la escuela me han reñido porque no he llevado la bata para la clase de laboratorio —le recriminó.

—Estaba en el armario —repuso ella.

—Yo no la he visto. Si no me escondieras las cosas, las encontraría —replicó Robert Allan.

—Te dije que te la había lavado y que la tenías en los colgadores del lado izquierdo de tu armario —argumentó mi madrastra con los ojos llorosos.

—¡Y yo qué sé cuál es el lado izquierdo del armario! —gritó mi hermanastro cada vez más irritado.

Al oírle, me quedé paralizado. Recordé que Ranger había dicho que confundía la izquierda y la derecha. Eso también le sucedía a Robert Allan. Tenía una idea, pero antes le paré los pies a mi hermanastro.

—¿Cómo puedes tratar así a tu propia madre? ¡Déjala en paz!

Me dolía ver cómo se comportaba con ella. Robert Allan me miró con odio y me levantó la mano.

Sin embargo, por una vez, me alegré de que mi padre adoptivo llegara a casa en ese instante. Su mera presencia hizo que mi hermanastro se callara y se apartara de mí. Acabamos de cenar los 4 en silencio, mientras yo no podía dejar de pensar en Ranger y sus despistes.

Esa noche, cuando mi madrastra vino a desearme buenas noches, le di un beso enorme. Gracias a la discusión entre ella y mi hermanastro, había dado con una idea que podía ser clave para encontrar el tesoro. ¿Y si Ranger había tirado el escarabajo por el agujero del ojo equivocado?

Al día siguiente, como era domingo, decidí contarle a Dupin lo que había deducido. Como me temía, el inspector no estaba en la ciudad. Se había ausentado para ir a visitar a su madre.

Yo estaba impaciente por comprobar si Ranger había tirado el insecto por el ojo correcto y, tras pedirle a Kevin la caja con el escarabajo, me dispuse a ir a Pirate Beach. Como ese día había quedado con mi hermana le pedí que me acompañara. Por si acaso, también le dije a Neverland que me siguiera. Por suerte, Kevin nos dejó un carruaje de la policía para que fuéramos más rápido.

Al llegar a Pirate Beach nos dirigimos directamente a la casa donde vivía Ranger. Era muy humilde y el techo necesitaba una buena reparación. Me dio mucha pena y pensé yo tenía suerte de vivir en una casa acomodada. Ranger me había contado que con lo que ganaba su padre no les llegaba para mantener a su numerosa familia. Sus padres tuvieron 9 hijos, pero uno había muerto. El sueldo de Ranger era un gran alivio, aunque a veces ni aun así les alcanzaba para comer. Eso explicaba que el joven agente estuviera tan delgado. En cuanto abrió la puerta, le pregunté:

—Contéstame ahora mismo: ¿cuál es tu ojo izquierdo?

A propósito, le sorprendí con esa pregunta para que no tuviera tiempo de pensar. Ranger me miró perplejo. Primero, señaló el ojo derecho. Después, el izquierdo. Después, de nuevo, el derecho.

—A veces me hago un lío entre izquierda y derecha —reconoció.

Comprendí que, efectivamente, bien podía haber sucedido que se hubiera equivocado al lanzar el escarabajo. Se lo expliqué.

—¿Estás seguro de que lo lanzaste por el ojo izquierdo?

Ranger se rascó la cabeza.

—Sí… No… La verdad es que no lo sé.

Miré a mi hermana y a Ranger.

—Tenemos que regresar al árbol de la calavera.

—Tenemos que regresar al árbol de la calavera —repitió Rosalie.

Mi hermana pidió a Ranger una pluma, que él fue a buscar.

—¿Para qué quieres ahora una pluma? —le pregunté.

Con ella dibujó una X en la mano izquierda del joven policía.

—Es una marca para que sepas que tu ojo izquierdo está del lado de la X y así no te confundirás —proclamó jubilosa.

—Qué lista eres, hermanita —le dije tras comprender su idea.

—Tú sí que eres listo. Gracias.

—¿Por qué?

—Por esto. Qué emocionante aventura estamos viviendo —me replicó.

Sus ojos demostraban lo feliz que se sentía por poder ayudarme.

Ranger les dijo a sus padres que se iba con nosotros a hacer un recado. Buscó 3 palas y emprendimos la marcha, una caminata de 2 horas hasta que llegamos al lugar donde se encontraba el enorme tulípero.

No tuvimos ningún incidente destacable. Solo el calor, que ya era asfixiante. Mosquitos y, sobre todo, moscas parecían haberse adueñado de la zona y no paraban de molestarnos. Ranger estaba orgulloso porque una vez más no se había perdido.

—Señala cuál es el ojo izquierdo —le exigí antes de trepar.

Ranger miró la marca de su mano y señaló correctamente su ojo izquierdo.

—Muy bien, Ranger, así se hace —le animé.

—Muy bien, Ranger, así se hace —repitió Rosalie.

El joven agente subió por el tronco del árbol hasta la rama que indicaba el pergamino con el escarabajo en el bolsillo del pantalón.

—¡No os preocupéis, me sé el camino de memoria! —nos gritó desde arriba.

Rosalie y yo lo seguimos con la mirada hasta que se perdió entre las ramas.

—¡Ya he llegado a la calavera! —berreó desde lo alto del tulípero.

—No te equivoques y cuidado con la rama —le recordé yo alzando la voz.

—Sí, cuidado con la rama —repitió mi hermana.

—Voy a tirar el escarabajo por el ojo izquierdo, del lado donde está la cruz —proclamó con aplomo.

Acercó su mano a la calavera y sostuvo con mucho cuidado el coleóptero para no ser mordido. Esta vez sí, dejó caer el escarabajo por el lado correcto. Instantes después mi hermana y yo vimos claramente dónde había caído. Era un lugar diferente al del día anterior. Rápidamente, colocamos en ese lugar una rama. Ranger bajó del árbol sin ningún contratiempo y mi hermana se encargó del escarabajo. No sé cómo, ella consiguió que no le mordiera. A continuación, avanzamos los 50 pies que decían las instrucciones y nos detuvimos en el lugar.

Ranger se unió a nosotros.

Mientras cavábamos yo no dejaba de pensar en lo emocionante que resultaba buscar un tesoro, pero a medida que iban pasando los minutos, el cansancio y el calor iban haciendo mella en nosotros. ¿Y si no habíamos resuelto correctamente el enigma?

Rosalie estaba exhausta. Rendida, se sentó sobre una piedra. Resopló 3 veces.

—Ya no puedo más —admitió.

—¿Y si no hay nada aquí?

Ranger también estaba desalentado.

Era una posibilidad, que no hubiera nada. Nos quedamos 6 segundos pensativos hasta que, de golpe, me vino a la cabeza lo que hubiera hecho Dupin. Y no tuve dudas.

—No seamos impacientes, tenemos que seguir cavando —les imploré, y me puse a sacar tierra.

Siguiendo mi ejemplo, instantes después, Ranger y Rosalie hicieron lo mismo.

Cuando llevábamos otra hora trabajando, me pareció ver algo duro y pequeño envuelto en una capa de tierra. Lo agarré y le sacudí la suciedad. Sonreí satisfecho. Acababa de encontrar una antiquísima moneda de oro. Eso indicaba que el tesoro podía estar muy cerca.

Tras compartir mi descubrimiento, los tres continuamos cavando con energías renovadas. Al poco, oí gritar a mi hermana, alborozada.

—¡Dos monedas de oro! ¡Aquí!

Señaló el lugar donde las había visto. Y no solo se trataba de eso. Una gran asa en forma de aro se había enganchado a la punta de mi bota. Mi corazón se aceleró. ¿Y si se trataba del tirador de un cofre? A partir de ese instante, viví los 10 minutos de mayor excitación de mi vida. Nos bastó ese tiempo para desenterrar a medias un cofre rectangular de madera casi en perfecto estado de conservación. El único desperfecto se había producido en la parte lateral. Eso explicaba que hubiéramos encontrado algunas monedas sueltas. Calculé que la caja tenía unas 18 pulgadas de largo, 27 de ancho y 22 de profundidad. Estaba firmemente asegurada por bandas remachadas en hierro forjado que formaban una especie de enrejado sobre el cofre. A cada lado, cerca de la parte superior, se veían tres anillos de hierro, seis en total, mediante los cuales el cofre podía ser cómodamente transportado por otros tantos hombres.

Con gran esfuerzo, entre los tres pudimos sacar la caja. Por fortuna, la tapa no estaba sujeta más que por dos pasadores. Abrimos el baúl temblando de emoción.

Un instante más tarde, brillaba ante nosotros un tesoro de incalculable valor. Los rayos del sol cayeron sobre él, haciendo brotar de un confuso montón de oro y plata fulgores y reflejos que literalmente nos cegaron. Nos abrazamos eufóricos, sin palabras. Ni siquiera sabíamos qué decir. Me resulta imposible describir los sentimientos que nos dominaron en aquellos momentos. Habíamos encontrado un auténtico tesoro.

CAPÍTULO 16

ORO, ORO Y MÁS ORO

Cuando por fin volvimos a la realidad, nos dimos cuenta de que se nos estaba haciendo tarde. Teníamos que ponernos en marcha e idear cómo transportar el pesado tesoro. Estábamos completamente agotados, pero la intensa excitación que nos dominaba nos daba energía para llevarlo y nos dispusimos a intentarlo. Sin embargo, cuando estábamos a punto de irnos, un hombre de gran envergadura se acercó a nosotros. Llevaba una larga escopeta que nos estaba apuntando.

—Gracias por encontrar el tesoro para mí. Os he estado siguiendo, pero vosotros solo teníais ojos para el oro, ¿verdad?

Ranger y yo lo reconocimos de inmediato. ¡Era Fideo Wilson, el hombre que había sido denunciado por Armand Bolt! Este afirmó que Wilson necesitaba dinero desesperadamente para pagar sus deudas de juego. Y al parecer tenía razón.

Fideo se acercó al cofre, abrió la tapa y lo examinó feliz mientras nos seguía apuntando con su arma.

—¡Oro, oro y más oro! ¡Todo para mí! —exclamó hundiendo su mano izquierda en el botín.

—Déjanos ir —le suplicó mi hermana.

—El problema es que no pienso compartirlo con nadie.

Fideo avanzó dos pasos en dirección a nosotros. Rosalie empezó a gemir. Yo hubiera hecho lo mismo pero, como hermano mayor, tenía que mostrarme fuerte.

—Poneos de rodillas —nos ordenó.

Como no le obedecíamos, volvió a decírnoslo, esta vez vociferando. Rápidamente, hincamos las rodillas. Fideo Wilson nos ató las manos a la espalda con una gruesa cuerda.

—¿Nos vas a matar?

—¿Nos vas a matar? —repitió balbuceando mi hermana, a moco tendido.

—No lo hago por gusto, es que necesito dinero, mucho dinero.

—Te juro que no diremos nada —intervino Ranger.

Esta vez fui yo quien le imitó:

—Yo también juro que no diremos nada.

Wilson intentó justificarse:

—He contraído muchas deudas y tengo una familia que alimentar. Cuando supe lo del tesoro, comprendí que tenía a mi alcance una ocasión única.

—Tú mataste a Jupiter, ¿verdad? —no pude evitar preguntárselo.

Fideo Wilson asintió levemente.

—Le pedí que me diera el pergamino y le ofrecí compartir a medias el tesoro, pero él no quiso. Se mantuvo fiel a Legrand. No tuve otra alternativa que matarlo.

Se quedó pensativo unos segundos; después prosiguió:

—Y lo mismo me pasa con vosotros. Si no os mato, me denunciaréis. Lo siento, no me puedo fiar.

Creí que aquel era el final. Pronto estaría en el más allá. En el mundo de los muertos. Pensé en mi madre, en que volvería a reunirme con ella. Pero luego me dije que era demasiado pronto para irme. Solo me quedaba una esperanza. Silbé disimuladamente llamando a Neverland para que bajara y atacara a Fideo Wilson. Mi cuervo se lanzó como un rayo contra él, con intención de picotearle los ojos. Pero Wilson adivinó sus intenciones. Le dio un manotazo. ¡Por poco lo tira al suelo! Entonces le apuntó con la escopeta y yo tuve que hacer una señal a Neverland para que se alejara y se escondiera. Aquel asesino estaba a punto de dispararnos. Y entonces sucedió algo extraordinario, algo que nunca hubiera imaginado.

Rosalie se dio cuenta de que una tarántula estaba a pocos metros de nosotros. Y no era una tarántula cualquiera. La reconoció enseguida. Se trataba de Amalia. Pude oír que mi hermana hablaba con ella.

—Tienes que ir hasta el hombre de la escopeta y asustarle —le susurró.

A paso rápido, la tarántula avanzó hasta donde estaba Fideo Wilson. Yo no daba crédito a lo que estaba pasando. La araña estaba haciendo lo que le había pedido Rosalie. Se quedó parada frente a los pies de Wilson. Él no la vio; estaba demasiado ocupado apuntándonos. Mi hermana, entonces, le hizo un gesto con la barbilla a Amalia indicándole que subiera. La tarántula, siguiendo sus indicaciones, se situó sobre la bota de Fideo e, instantes después empezó a subir por su pierna. Ranger, Rosalie y yo observábamos la escena paralizados y boquiabiertos.

A continuación, oímos un grito desgarrador. Fideo Wilson, por fin, la había notado en su pierna. Primero se quedó quieto como una estatua. Su cara estaba blanca como la muerte. Después, zarandeando la pierna, logró hacer caer a la tarántula al suelo. Cuando la vio, emitió un alarido de terror.

—¡Es una tarántula! ¡Voy a morir! —berreaba—. ¡Necesito un antídoto!

Y corriendo se alejó del lugar. En 5 segundos ya lo habíamos perdido de vista.

Los tres nos desternillábamos mientras mirábamos de reojo a Amalia. Nos había salvado la vida. Acercándonos los unos a los otros, espalda contra espalda, conseguimos desatarnos las cuerdas. Encontramos una carretilla que Wilson había dejado cerca y ahí colocamos el tesoro para regresar a Boston.

Al día siguiente, Ranger, Rosalie y yo nos personamos en la Jefatura de Policía para hacer una declaración oficial ante Dupin de los acontecimientos que habíamos vivido. El inspector nos riñó por los riesgos que habíamos corrido sin él, pero al final nos felicitó efusivamente. Especialmente a mi hermana.

—A partir de ahora te llamaré «la intrépida domadora de tarántulas» —le dijo.

Todos nos reímos. Por supuesto, yo me sentí feliz pensando en Rosalie, orgullosa de ser el centro de atención.

Tras nuestro testimonio, Fideo Wilson fue detenido cuando intentaba huir.

—Yo no he hecho nada —dijo al ser esposado—. No huía. Me disponía a ir a visitar a mi padre. Hace mucho tiempo que no voy a verle.

Durante el interrogatorio, admitió que conocía la existencia del pergamino gracias a Gary Flana-

gan, que no sabía guardar un secreto. E incluso reconoció que le tentó.

—Pero yo no soy ni un ladrón ni un asesino —afirmó contundente—. Por ello vuelvo a repetir que no he robado ni he matado a nadie.

No habían pruebas que le incriminasen en el asesinato de Jupiter y continuaba teniendo la misma coartada que cuando fue interrogado por primera vez. La policía, además, registró su casa en busca de pruebas, pero no encontró ninguna; ni siquiera la escopeta.

—Todo lo que han dicho esos críos es pura fantasía inventada, ignoro por qué —declaró Wilson.

Tanto a Rosalie como a mí se nos consideraba niños. Y Ranger, aunque ya trabajaba, solo tenía 16 años. Así que el juez consideró que no éramos testigos fiables, y concluyó que era la palabra de Fideo Wilson, un honrado y humilde hombre de familia, contra la nuestra. Yo me ofendí mucho cuando lo supe.

—¿Por qué los adultos son tan desconfiados con los jóvenes? —le pregunté al inspector.

Aguste Dupin consiguió que estuviera encarcelado dos días más, pero los dos sabíamos que o encontraban una prueba definitiva contra Fideo Wilson, o le dejarían libre. Por el contrario, Legrand seguía encarcelado y, a cada día que pasaba, estaba más hundido.

Dupin insistía en que no podían liberarlo hasta que no hubiera un sospechoso en firme.

CAPÍTULO 17

¡POR SI LAS MOSCAS!

Un día después de que encontráramos el tesoro, que quedó custodiado en la Jefatura de Policía, se comenzó a hacer el inventario: monedas, joyas y otros objetos. Después de separarlos con cuidado, se descubrió que su valor era mayor de lo que habíamos supuesto. Apenas había monedas de plata. Predominaban los objetos y las monedas de oro. Había un botín de origen francés, español, inglés y alemán. Más difícil era calcular el valor de las joyas. Los diamantes sumaban en total 40, sin que hubiera uno solo pequeño; 18 rubíes de notable transparencia; 310 esmeraldas, todas muy hermosas; 21 zafiros y 1 ópalo. Además había 197 magníficos relojes de oro, muchos de ellos antiquísimos; sin valor como relojes, ya que la máquina había sufrido por la corrosión, pero todos ricamente ornados de pedrería.

Cuando acabó el inventario, Dupin me preguntó si quería acompañarlo a ver a Legrand y darle la noticia, a lo que accedí encantado.

Tenía muy mal aspecto; estaba mucho más delgado y las ojeras hacían que su tristeza pareciese todavía más grande. Su amigo le notificó que el botín era suyo, por ser él quien había encontrado el pergamino con el mapa. Pero, a pesar de que por supuesto se alegró de que hubiéramos encontrado el tesoro, su rostro seguía desprendiendo el mismo aire de tristeza.

—¿De qué me sirve tener ese montón de oro si me van a culpar de asesinato y me pudriré en la prisión?

Aprovechaba el trayecto a la escuela para poner al día a Rosalie de los detalles del caso. Esa mañana le tuve que explicar que Fideo Wilson iba a quedar libre porque la policía no había encontrado pruebas contra él.

—Pero nosotros tres le oímos decir que había matado a Jupiter —proclamó indignada—. Tiene que pagar por lo que ha hecho.

—El inspector nos cree, pero el juez no lo tiene tan claro. Es la palabra de Fideo Wilson contra la nuestra. Y tras haber esperado a que le presenten pruebas, como no ha sido así, ha ordenado su liberación.

Mi hermana estaba furiosa. Sin embargo, además de su indignación natural, que yo compartía, noté que Rosalie estaba especialmente inquieta; me estaba ocultando algo.

—¿Qué te pasa? —le pregunté.

Enseguida comprendí que, fuera lo que fuera, tenía que ver con su cartera de piel. La sujetaba de una forma exagerada.

—Enséñame lo que llevas dentro —le exigí.

Ante mi insistencia, posó la cartera en el suelo y de ella extrajo una caja de madera con varios agujeros en los laterales. La abrió y me la mostró. ¡En su interior había una tarántula!

—Es Amalia —me dijo con una tranquilidad pasmosa.

La araña movió alegremente sus patas delanteras. Parecía querer encaramarse y salir de la caja. Aterrorizado, me alejé 7 pasos hacia atrás.

—¡Por mis muertos! ¿Estás loca o qué? ¡No puedes llevar ese animal al colegio!

—Solo quiero tenerla a mi lado. Te recuerdo que nos salvó la vida —argumentó.

Con los ojos llorosos, me suplicó que no me chivara.

—Déjame tenerla al menos unos días, por favor, querido hermanito.

Siempre que me hablaba con esa voz dramática, me convencía.

—Valeeee, pero te advierto que no sé si me acostumbraré a ella —me esforcé para parecer tranquilo.

—Dile hola —me pidió.

—Hola —masculló pensando que estaba loco hablando con una tarántula.

Me prometió que no la sacaría de la caja en clase ni en ningún sitio.

—Venga, vamos o al final llegaremos tarde —le apresuré.

Pero el calor era tan intenso que caminábamos casi a cámara lenta. Al igual que nosotros, todos los bostonianos parecían afectados por las altas temperaturas. Habíamos pasado del frío al calor demasiado deprisa. Solo las moscas estaban satisfechas.

Cerca de la entrada del colegio nos encontramos a mi amigo Charlie.

—¿Alguna novedad? —le pregunté.

—¿Alguna novedad? —repitió mi hermana.

—Con este calor, ni siquiera los criminales tienen energía para hacer maldades. —Charlie soltó una risotada—. Mira la portada del *Boston News* de hoy. ¡Hasta en los diarios hablan del calor y las moscas!

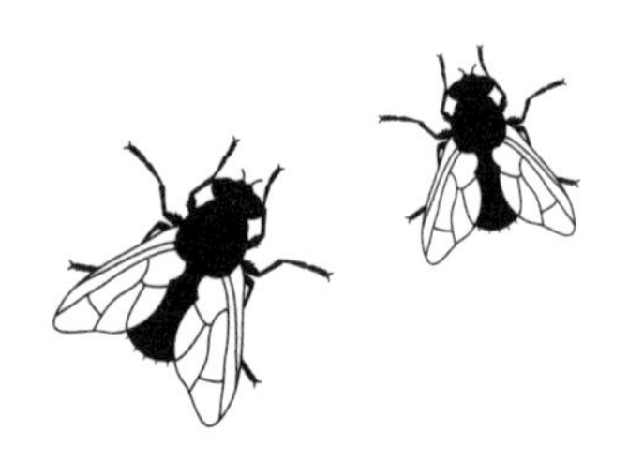

BOSTON, LA CIUDAD DE LAS MOSCAS

El calor sofocante hace que los termómetros marquen temperaturas con registros anormales para la época. El número de defunciones, sobre todo de ancianos, ha aumentado por esa causa. Consecuencia de este nivel de calor y humedad es que la población de moscas se ha multiplicado por diez en nuestro estado. Dichos insectos se desarrollan sobre materia vegetal en proceso de putrefacción y el calor favorece esas circunstancias. A las moscas también les atrae el olor de los gases desprendidos en el proceso de descomposición. Así que una buena manera de evitarlas es eliminar cuanto antes cualquier desperdicio o suciedad de nuestras casas.

Tras despedirnos de Charlie, en efecto, observé centenares de moscas revoloteando sobre las boñigas de un caballo aparcado ante la puerta principal de nuestro colegio. Asqueroso.

Y con el bochorno, también se me hizo interminable escuchar al profesor de ciencias naturales. Sentado en uno de los bancos de atrás intentaba distraerme y olvidarme del calor dibujando un interrogante de grandes dimensiones en mi cuaderno.

?

Era el interrogante que estaba en mi cabeza y que me acompañaba desde que habíamos descubierto el tesoro: cómo demostrar que Fideo Wilson era el culpable del asesinato de Jupiter Jones. Miré el reloj. Solo habían pasado 14 minutos desde que había comenzado la clase. El profesor transpiraba exageradamente. En mi imaginación, esas gotas de sudor eran rojas como la sangre.

Observé el interrogante que acababa de dibujar. Tenía que encontrar alguna forma de evidenciar que Fideo Wilson era el verdadero asesino.

Fue entonces cuando alguien de la clase preguntó por qué a las moscas les gustaba tanto el calor. Con ese tema que nos afectaba a todos, el profesor por fin logró que sus alumnos, entre ellos yo, le prestáramos atención.

—El calor favorece y acelera la descomposición de los cuerpos. Su agudeza olfativa hace que se acerquen allí donde hay carne podrida o donde acaban de ser expulsados excrementos. Las moscas perciben antes que nadie los olores de la podredumbre.

De repente recordé la boñiga con las moscas que aleteaban a su alrededor y el editorial que había leído en el periódico sobre la atracción que sentían las moscas hacia la podredumbre. Asimismo, Dupin ya me había dicho que los insectos se acercaban a los cadáveres cada vez más a medida que se iban descomponiendo. ¡La policía los utilizaba en sus investigaciones!

Me quedé paralizado 16 segundos. Pestañeé 7 veces seguidas. Acababa de descubrir algo muy importante. Escruté de nuevo el interrogante que había dibujado. Y ahí, en esa silueta negra, apareció una hoz como la que había matado a Jupiter. Curiosamente, la forma de la herramienta era muy parecida al interrogante. ¿Y si esa hoz nos llevaba a la resolución del caso?

Levanté la mano para dirigirme al profesor. Él me miró sorprendido porque por primera vez me interesaba en algo de su clase.

—Si tuviese una hoz y en ella hubiera restos de sangre, ¿cree que las moscas lo sabrían?

El profesor me miró sin comprender mi extraña pregunta, pero no me regañó, sino que se alegró de que participara en la clase.

—Si hubiera sangre o restos orgánicos en la cuchilla, por supuesto. Como les serviría de alimento, elegirían esa hoz entre muchas —me respondió.

Le agradecí su respuesta y pensé que, con un

poco de suerte, la hoz que había matado a Jupiter todavía tendría restos de sangre.

Cuando acabaron las clases, fui corriendo a la comisaría. Mi idea era recoger todas las hoces posibles de Pirate Beach. Dupin me escuchó perplejo, pero también fascinado.

—Tu idea me parece magnífica.

Me dio un golpe de aprobación por la espalda.

—Con un poco de suerte, vamos a obtener muy pronto una prueba científica de quién lo mató.

CAPÍTULO 18

EL ASESINO DE JUPITER

Tres días después se puso en marcha mi plan. Con la ayuda del agente Ranger, los agentes fueron de casa en casa a pedir las hoces de todos los habitantes de Pirate Beach. Por supuesto también la de Fideo Wilson. En total, reunieron 157 hoces. Cada una de ellas llevaba enganchada el nombre de su propietario.

Colocaron todas las hoces, una al lado de la otra, en una habitación cerrada. Ahí soltaron varios frascos repletos de moscas. Acompañados del juez, Dupin y yo esperamos fuera, espiando a través de una pequeña ventana. En pocos segundos, casi todas las moscas se arremolinaron en torno a una hoz. Curiosamente, era la herramienta que pertenecía a Fideo Wilson. Eso nos indicaba que en el filo de la cuchilla se encontraban restos de sangre, así como de tejidos orgánicos.

La observación en el laboratorio lo confirmó. Aquellas manchas eran sangre seca. Ya teníamos la prueba para acusar formalmente al autor del crimen.

Fideo Wilson fue detenido y acusado formalmente del asesinato de Jupiter. Su esposa, entre lágrimas, reconoció que el día del crimen no lo había pasado con ella, como nos había asegurado. Afirmó que su marido la había forzado a mentir. También confesó que la maleta con ropa que se encontró en la choza era un regalo de una vecina suya de Pirate Beach que se la había ofrecido por caridad: se trataba de ropa que la vecina no necesitaba, pues su marido, un viejo marino, había fallecido. Precisamente el día del asesinato, se la había entregado a Fideo, pero este nunca la llevó a su hogar. Todo quedaba así explicado, incluido que las botas fueran italianas; tal vez el marino las había comprado en alguno de sus viajes.

Finalmente, Wilson confesó. Ahora que se sabía la verdad, pasaría un montón de años entre rejas.

Ese mismo día, Legrand fue puesto en libertad. Dupin le confirmó que el tesoro era de su propiedad y su amigo le reveló que iba a destinar gran parte del dinero para que Arnold, el hermano esquizofrénico de Jupiter, pudiera vivir con holgura el resto de sus días. Asimismo, se comprometió a ir a visitarle con tanta frecuencia como lo hacía Jupiter.

A pesar de que podría haber vuelto a vivir en una casa señorial en Boston, prefirió seguir viviendo en su choza de Pirate Beach, donde el recuerdo de Jupiter siempre le acompañaría.

También fue muy generoso con Ranger y conmigo. Nos dio una recompensa a cada uno. El joven agente de Pirate Beach regaló su parte a sus padres para que, entre otras cosas, pudieran arreglar la casa.

En cuanto a mí, entre lo que el profesor Legrand me dio y lo que yo había ahorrado, ya tenía suficiente dinero para que mi hermano mayor William Henry, Rosalie y yo pudiéramos comprar los tres billetes para ir a buscar a mi padre a Dublín. Cuando se lo dije a mi hermana, casi se desmaya de la emoción.

—¿Cuándo nos iremos? —preguntó.

—Lo antes posible —le respondí imaginándome el momento en que mi padre y los 3 hermanos nos abrazábamos.

El profesor Legrand decidió quedarse la tarántula Amalia como mascota. Hizo construir un enorme cubículo para que pudiera vivir confortablemente. Prometió a mi hermana Rosalie que podría ir a visitarla siempre que quisiese.

Asimismo, poco después de su liberación, se celebró el sepelio de Jupiter. Eligieron la funeraria de mi padrastro. Naturalmente, yo no podía decirle que había colaborado con Auguste Dupin ni que conocía al muerto. Pero también quería despedirme de Jupiter y acompañar de alguna manera a Legrand y al inspector. No me fue difícil conseguirlo. Bastó con sacarle la lengua a mi padrastro durante 5 segundos. Fue el tiempo que tardó en tomar represalias contra mí y enviarme a la funeraria a barrer como castigo.

—Eres un impresentable y un maleducado —me espetó.

Así, mientras limpiaba el suelo, pude acompañar tanto a Legrand como a Dupin. Me emocionó ver a Jupiter metido en la caja.

Y mientras le presentaba mis respetos, oí a alguien que también le llamaba.

—¡Jupiter! ¡Pórtate bien!

Me giré sorprendido. ¿Por qué le estaban hablando a un muerto? Pronto entendí la confusión. Legrand había decidido llevar el escarabajo de oro al funeral y le acababa de morder un dedo. A pesar de su carácter agresivo, el profesor había decidido quedárselo y llamarlo Jupiter, en honor a su sirviente.

CAPÍTULO 19

AMALIA ES NOMBRE DE TARÁNTULA

Aproveché un día en que mis padrastros se fueron a cenar fuera. Robert Allan llegó a las nueve de la noche y ni siquiera comió el plato de salmón que mi madrastra le había dejado preparado.

Mi hermana y yo le esperábamos escondimos en mi habitación tras la puerta. Cuando oímos que mi hermanastro subía por las escaleras para ir a su cuarto, pusimos nuestro plan en marcha.

Yo estaba emocionado. Rosalie colocó la tarántula en el suelo.

—Tienes que asustar a Robert Allan. Ve hacia él —le ordenó a Amalia.

El susto que se iba a llevar mi hermanastro al ver la tarántula iba a ser brutal…